君に恋をするのは、いけないことですか

筏田かつら

宝島社文庫

宝島社

君に恋をするのは、いけないことですか

Is it wrong to fall in love with you?

筱田かつら
Katsura Ikada

宝島社

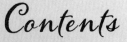

Contents

ストレイシープ　006

インナーチャイルド　048

ハインドサイト　218

Special ラッタッタ　333

ストレイシープ

(ねぇ、だれかいないの?)

気がつくと周囲は真っ暗で、自分がたてる物音だけが高い天井に響いた。

今は何時なんだろう。なんで誰も探しに来てくれないんだろう。怖い。暗い。

自分の小さな手は鍵を壊すには頼りなく、ただ助けを求めて扉を叩《たた》くしかできなかった。

誰か、気づいて。僕は、ここにいる。


悪い夢を見ていた。小さい頃の記憶と、数年前の記憶が入り交じった後味の悪い夢。

目覚めた時、滝沢冬吾《たきざわとうご》が最初に感じたのは場所への違和感だった。

「どここ……」

薄暗い駅のホームにぽつんと立ち、彼は周囲を見回した。

無人の駅、誰もいないプラットホーム、深夜の静寂。

小さな駅舎のほかはポツポツと民家の明かりが見えるぐらいで、ホーホーと猛禽類《もうきんるい》の鳴き声すら聞こえる。

連休中日《なかび》の今日は、音楽フェスに参戦するため、関西国際空港《かんさいこくさいくうこう》近くの「そらうみタウン」まで来ていた。広島《ひろしま》から0泊の、日帰り旅行だ。

フェスの大トリには彼が応援しているアイドルグループ・Bouquetのメンバーがゲスト出演することが噂《うわさ》されており、良ポジションを確保するべく、数時間前から前の方で待機した。甲斐《かい》あって、最前列で大トリの出番を迎えることができた。

帰りは高速バスを予約してあったが、せっかくだからと鉄道好きの彼は、バスが発着する駅まで馴染《なじ》みのない私鉄に乗った。

たぶん、それが運の尽き。昼間からの疲れもあってうっかり熟睡して乗換駅をスルーして、さらに折り返していくつもの駅を乗り過ごして、……いま。

スマホを取り出すと、画面は真っ黒で、バッテリーはとうに尽きていた。すがる思いで時刻表を見るが、今衝動的に降りた電車が最終電車で、上りも下りも明日の朝まで来ない事実は動かしようがなかった。

「どうしよう……」

呟《つぶや》きにかぶさって、背後から声がした。

「兄ちゃんも、電車乗り過ごしたん？」

振り向くと、女の子が立っていた。

年の頃は自分と同じぐらいか。親しげな口調に一瞬戸惑ったが完全に初対面の子だ。

彼女は一歩前に出て時刻表を見上げ、「もう電車ないかぁ」と言った。声には好奇心とわずかな戸惑いが混じっていた。

彼らは少しの間、互いに何も言わず立っていた。そして、彼女がとろんとした二重まぶたをこちらに向けた。

「兄ちゃん、金もってる？」

冬吾は目を逸《そ》らしながら「ほとんどない」と正直に答えた。

所持金はあと数千円。キャッシュカードは紛失が怖くて持ち歩いていない。クレジットカードはそもそも作っていない。

「うちもや。ちょっと昼間使いすぎて」

へへっ、と笑いながら言う。笑い事じゃないだろうに。

「なあ、今日はここで野宿と、街まで歩くん、どっちがええ？」

「野宿⁉」

「五月で寒い季節と違うし、屋根もあるしいけると思うけどな」

「野宿は、ちょっと無理かも……」

どこまで歩くかはわからないが、ここは日本だ。もう少しマシな場所ぐらい見つかるだろう。

「そっかぁ。じゃあ、歩くかぁ」

歩き始めると、冬吾は彼女を横目で見た。

（変な子……）

初対面にしては距離が近すぎる。とりあえず、普段の自分ならお近づきになることもなかった人種のような気がする。

小さな顔に伸びかけのショートヘアが元気に揺れる。パーカーに短い丈のパンツというカジュアルな服装と、ハキハキした関西弁、大きめの口などが相まってお転婆娘といった印象がある。彼女の表情は平然としていて、こんな状況なのに大して堪《こた》えていないみたいだった。

それにしても、いつの間にか一緒に行動することになっている。

（いや、女の子を一人にしたらマズいし）

心のなかで言い訳するも、本音では冬吾自身もこんなよく知らない土地で孤独にはなりたくなかった。

駅を出て下り坂を歩きながら、彼女は何気なく「どこから来たん？」と訊《き》いた。

冬吾は答えかけて、とっさに口をつぐんだ。

「あの……、遠いところ、から」

彼女も冬吾の答えに警戒心を嗅ぎ取ったのだろう。それ以上は尋ねなかった。

虫の鳴き声だけがうるさく響く。すれ違う車の数も間遠になり、少なくなっていった。

「あ、あそこ」

彼女が指差したのは、砂漠のオアシスのように何の前触れもなく現れた建物。煌々《こうこう》とネオンが光る——ラブホテルだ。

「あそこはどう？　もう深夜やし、ええ加減決めようや」

「え……。え、えええっ⁉」

彼女がホテルに向かって歩き始めると、冬吾は慌てて後を追った。

「でも、でも……あれってラブホだよね……⁉」

「見りゃわかるやろ。ここなら、風呂もあるし足も伸ばして寝れるしな。あ、会計はワリカンな」

「そういう問題じゃ……」

彼女は足を止めると、冬吾を振り返って真《ま》っ直《す》ぐに顔を見上げた。

「兄ちゃん、あんたええとこの子やんなぁ？」

「え……なんで」

「あんたに初対面の女襲うガッツないやろな、思って」

さすがに憮然《ぶぜん》としていると、彼女は少し呆《あき》れたように言った。

「バカにしとるわけやない、それでええねん」

「ええねんって……」

「何もせえへんかったら、ただの宿や。そんな意識せんでええやろ」

◯
°°°

フロントで受付を済ませると、彼らは静かな廊下を通り、指定された部屋に入った。

「なんや、思ったより広いなぁ」

部屋はシンプルな内装で、これみよがしの淫靡《いんび》さもなく、落ち着いた雰囲気だった。まだ緊張感の解《ほぐ》れない冬吾を尻目に、「これ使ってええんかな？」「風呂場はどうやろ」と彼女は楽しそうに部屋の設備を見て回っていた。

一応持参していた充電ケーブルをスマホに繋ぐ。だが充電は一向に始まらず、画面は沈黙したままだった。熱暴走でも起こしたのかもしれない。最悪の故障タイミングに、冬吾は「マジかよ」と深く落胆した。

投げやりな気分で、広いベッドの上に四肢を投げ出す。薄暗い天井を見上げると、疲れが一気に蒸発していくようだった。

見知らぬ街で、偶然女性と出会い、なしくずしの状態でラブホテルに行くことになろうとは――

(『三四郎《さんしろう》』かよ……)

夏目漱石《なつめそうせき》の名作小説に出てくる「あなたはよっぽど度胸のない方ですね」と行きずりの女性にディスられるくだり。あれとよく似ている気がする。

わかる。すっげぇ気持ちわかるぞ、三四郎。見ず知らずの異性と一晩おなじ部屋で過ごすことになったって、何にもできないしそもそもする気も出ないよな。

ただ、異なるのは、三四郎を誘ったのはちょっと年上のエロい人妻で、物語の舞台は明治時代で今と気風が大いに異なるという点だ。

(……そうだよ、おかしいよ)

つと疑念が浮かんだ。

二十一世紀、普通の女の子ってこんなにおおらかなんだろうか。いや、少なくとも自分の周りにいる大学の女の子たちは、初対面の男子を誘って同じ部屋で寝たりしないだろう。

(もしかして、電車を乗り過ごしたなんて嘘《うそ》?)

勘ぐる冬吾の脳裏に、入試に絶対出ない難読漢字が思い浮かんだ。

美人局。

そういや夏目漱石の作品に『虞美人草《ぐびじんそう》』ってあったな。読んだことないけど。じゃない、だとしたら非常にマズい。頃合いを見て怖いお兄さんが出てきて、「俺の女に何するんじゃー!!」とか脅され、金品を強請されるかもしれない。今手持ちもほとんどないし、下手《へた》したら怖い事務所に連れて行かれ、簀巻《すま》きにされて海の藻屑《もくず》コース……。

「あの、僕やっぱり……って、早っ！」

上半身を起こして振り返ると、彼女はいつの間にか作務衣《さむえ》っぽい部屋着を着てベッドの脇にいた。濡《ぬ》れた髪が額に貼り付いて、頰《ほお》はうっすら上気している。

「いつお風呂入ったの？」

「あー、うち、あんまゆっくり入る習慣ないねん。兄ちゃんは、気が済むまで入りぃ」

「え、あ、ああ……」

「あ、床すべりやすいし気ぃつけて。うちは先に寝とるわ」

あっけらかんとした態度で言うので、毒気を完全に抜かれてしまった。先ほど妄想していたような裏の事情は全く感じられない。

冬吾はよろよろと風呂場に向かうと、沸き立つジャグジーに体を沈めた。

「兄ちゃん、風呂場で転んどったやろ」

聞かれていたか、と冬吾は恥じ入った。忠告されていたにもかかわらず、冬吾は風呂場の床で思いっきり転倒し肘を打った。

「ドジっ子やなぁ」

彼女は一つしかない大きなベッドの上で寝転び、リモコンを手に地上波のテレビを観ていた。先に寝ているとは何だったのか。

冬吾はベッドの端におずおずと腰をおろした。

「あっ、あのっ……！」

やっぱり帰るとは言えないが、せめて、懸念事項は少しでも減らしたい。

「あの、十八歳未満、じゃないよね？」

「誰が？　うち？」

大きく頷《うなず》く。

「こういうところって、十八歳未満入っちゃダメじゃん。一応、なんかあったときにヤバいし、成り行き上とはいえ僕にも責任があるし、一応、一緒にいるものとして、その、一応確認しておこうかなって」

彼女はおかしそうに笑った。

「ちゃうよ。今度の誕生日で十九歳。いちおう、学生やで」

「大学生？　専門学校？」

「んー、ちょっと変な学校で、留年もしてて。学年でいえば高三と同じ代かな」

「じゃあまだ高校生？　なら学生とは言わない……」

本来「学生」は高等教育（大学、短大、専門学校等）に所属する者のことを指す。中学生や高校生は「学生」ではないのだ。

「まあ、細かいことはええやん」

彼女は「面倒くさい人やなぁ」と言いたげな表情を向けた。

留年して高三……とすれば、ギリギリだが青少年保護育成条例の枠外だろう。

（……ってことは、遊んでるタイプかな）

クソが付くほど真面目《まじめ》に学校に通っていた自分からしたら、高校で留年なんて考えられない。自分とは違う人種だろうな、と彼女の耳に開いたピアスの穴を見て思う。

「兄ちゃんは？」

「あの、一浪して、大学の二年」

「そっか。最初高校生ぐらいかぁ思ったけど、うちより二つも上やったか」

彼女の言葉に、冬吾は面食らった。

若く見られたなどと単純には喜べない。物腰や喋《しゃべ》り方が実年齢より幼い印象を与えたのかもしれない。外見だけ見れば童顔でもないし間違えるはずはないのだ。

彼女はテレビを消すと、大きく息をついてから言った。

「なぁ、こういうとこ初めて？　来たことある？」

「どう……かな」

「うちはないんや。ずっと、どんなとこか気になってたてん」

だから半ば強引に自分を引きずり込んだのか、と冬吾は辟易《へきえき》した。

「小さい頃観た映画にな、ラブホが出てきて。なんかフワフワきれいなところやなって。すごいアトラクションじみとるんやなぁって興味しんしんやった」

尋ねると、女流作家が書いた短編小説を原作とする恋愛作品だった。有名な作品なのでタイトルは知っていた、が観たことはない。

タイトルには不思議な単語が含まれている。彼女が言うには、それはヒロインのあだ名らしい。

「ヒロインは、ホントの名前は久美子《くみこ》っていうんや」

「久美子……」

「そう。あの子は賢い子やで。障害を乗り越えて……いや、それと一緒に自分で生きていこうとするねん。原作と映画でラストは違うんやけどな、まぁ言わんでおくな」

その名前はあまり聞きたくなかった。相槌《あいづち》も打てずに固まる。

「どしたん？」

寝っ転がったまま顔を覗《のぞ》き込まれた。冬吾はとっさに顔を逸らす。

「なんでもない」

「あれか？ 元カノが同じ名前とか？」

元カノと呼べる存在だったらどんなに良かっただろう。

まだじっと見られている気配がして、冬吾は顔を手で覆い低く答えた。

「彼女……ではない」

「好きだった子？」

冬吾は無言を貫く。よいしょ、とベッドが揺れた。

背中に固いものを感じた。恐る恐る振り向くと、彼女は背中合わせの位置で、膝を抱いてしゃがみこんでいた。

「こういうとき、顔見られんの気まずいよな」

年下なのに知ったような言葉遣いだ。どうせ自分は年の割に幼いですよ、と心のなかで拗《す》ねた。

「まだ好きなん？ その子のこと」

ストレートな質問に胸が詰まる。

「わかんない。でもその子もだけど、彼氏もすげぇいい人で、女の子の扱いに慣れてるし、細かいこと気にしないし、苦労してるぶん自分なんかよりずっと大人で頼りになるから、フラレるのもしかたないって。わかってるけど、でももう少しタイミングが早かったら、付き合えてたかもしれないってタラレバの世界線考えちゃって。二人が一緒にいるの見かけるたび、あそこにいるのが自分だったかもしれないのにって。すぐ別れてもいいから、一度でも付き合いたかったとか、なんで自分じゃダメだったんだろうとか、なんで肝心なところでいっつもミスするんだろうとか、ってかどうせ僕なんて誰にも相手にされないし、何やったってうまくいかないんだって、自己嫌悪が止まらなくて……」

はぐらかしたいのに、言葉は一度溢《あふ》れるととりとめもなく湧いてきた。冬吾の中にはどうしても手懐けられない感情的な部分が存在し、それがたまに聞き分けなく暴れだす。

初対面では頑張って取り繕うから印象がいいみたいだけど、だんだん化けの皮が剥《は》がれてきて落胆させてしまう。きっと、久美子も自分の至らない部分に気づいてしまったんだろう。だから、上手《うま》くいかなかった。

「兄ちゃんも、大変やな」

背中からの声がした。

「でも兄ちゃん、そんなにあかんか？　壊滅的なブサイクと違うし、そこそこ親切やし日本語も普通に通じて頭おかしい感じでもないやん」

「……褒めてるの？　それ」

「最上級やで。覚えとき」

部屋の空気を変えるかのように、彼女はテレビを消すと、カラオケマシンのスイッチを入れた。

聴き慣れたBouquetの曲のイントロが流れ始め、冬吾はビクッとなった。

「兄ちゃん、これ好きやろ。BouquetのTシャツ着とったもんな」

よく気づいたな、と純粋に驚く。さっきまで着ていたTシャツはファングッズの一つなのだが、グループ名やツアータイトルが書かれているわけでもなく、幾何学的な模様のみがデザインされている。パッと見でそれとはわからない仕様だ。

マイクを握りしめ、彼女は歌い始めた。

結構うまい。AメロとBメロでメロディが微妙に異なるのだが、そこもきっちり歌い分けていた。

「Bouquet、好きなの？」

間奏で冬吾が声をかけると、彼女はマイクを握りながら笑い混じりに答えた。

「うちはそこまで詳しくないけど、めっちゃ好きなやつがいててん」

男かな、と直感したが、訊けるような関係性でもないしそこまで興味もない。

「兄ちゃんも一緒に歌お！　せっかくなら楽しまな損やん」

　半ば無理やりマイクを握らされる。

「あの、自分、歌苦手なんだけど……」

「ええからええから。うちしか聴いてへんし」

　二番が始まる。

　こうなりゃヤケだ。冬吾は甲高い裏声で無理やり女性キーに合わせた。

「兄ちゃん、めっちゃオモロいな。クセになる味わいやわ」

　言外に「ヘタ」と言われているようでムッとした。

　しかしながら、Bouquetの曲で盛り上がるのはなんとも気持ちいい。たぶんこれは、正気に戻ったらダメなやつだ。

　曲が終わると、フェスで既に一杯引っ掛けてきた冬吾はベッドの横の冷蔵庫を開けた。ビールもチューハイもコンビニで買うのと同じぐらいの値段だ。

　正直財布は心もとないけど。べつに同行者に許可をとる義理なんかない。プスッとガスを抜いたあと、缶の中身を一気に流し込んだ。

「なかなか兄ちゃんもやるなぁ。もう一曲どう？　行ける？」

「ああ、望むところだ」

　そのために敢《あ》えて酩酊《めいてい》状態に入った。今の自分は強力なバフがかかっている。笑われたって引かれたってダメージうけたりしないんだぜ。

彼女が選曲したのは、ノリのよいライブ定番曲だった。きたきた、とこちらのテンションも上がる。

ライブでは合唱になるサビの部分。二人で振り付けと声を合わせた。

「『今がいいならそれでいい!!』」

○°°°

「こんなええ天気やったんやな。中にいるとわからんかったわ」

「ちょっと待って……。あんまり早く歩くと……、気持ち悪いんだけど」

翌日、時間ギリギリにチェックアウトして外に出ると、空は怠け者をあざ笑うかのように青く晴れていた。

(ああ、もう……、最悪だ)

軽やかに歩く女の子の背を追いながら、冬吾は昨夜からの行動を思い起こして死にたくなった。

ライブ帰りに寝過ごして見知らぬ街に流れ着いた。スマホも使えない。帰る電車もない。ここまではギリ理解の範囲内だ。

問題は、そのあと変な女の子と出会って、なりゆきでラブホに泊まることになり、午前三時まで下手くそな歌とどうでもいいBouquetトリビアを披露し続けてしまったことだ。

『この曲は沖縄《おきなわ》公演で、「ウェルカム！」って言うところ「めんそーれ！」って言ってるのが最高なんだけど、円盤化されてなくて』

『タイトルの「Peacock」って孔雀《くじゃく》って意味じゃん。だからサビの部分の振り付けで「孔雀王」に出てきた「臨兵闘者皆陣列在前《りんぴょうとうしゃかいじんれつざいぜん》」の印を結んでるんだって』

『え、なんで画面みないの……って、歌詞なら覚えてるし。うん、アルバム曲も一応全部。日本語だし、そんな難しくないよ。振り付けも手だけならだいたい覚えてる』

典型的なマウンティング・キモオタムーブ。穴があったら入りたい。多分、調子に乗って度数高めの酒を次から次へと飲んでしまったからだろう。

あとすっげぇ頭いたいし胃腸の調子がよろしくない。

「うち、この辺昔来たことあるわ。たしか、もうちょい行くと海っぺりに遊園地と動物園があったんよ。そっちの駅のほうが近いはず」

そう語る彼女についてよろよろと歩いていると、大きめの道に出た。

民家や公民館、商店が間を置いて存在するが、一向に「街」の雰囲気にならない。

自分たちは迷子になりかけているのかも。そう思うが早いか、彼女が呟いた。

「おっかしいなぁ。駅ってこっちじゃないのかな」

「……地図アプリで調べてみれば」

「あ、ごめん、いまうちのスマホ壊れててん。GPSきかんし通信制限もかかってる。やっぱ安《や》っすいやつはあかんなぁ」

なんだそりゃ。役に立たないな、と苛立《いらだ》ったが自分だって似たようなものだ。

冬吾は脂汗をかきながら日差しのきつい道を歩いていた。が、閾値《いきち》は突如訪れた。

「ちょっと……、ごめん……」

植え込みに駆け込むと、喉の奥の酸っぱいものを一気に吐き出した。

冷凍の焼きおにぎりと味噌汁《みそしる》だったものが、胃液とともに逆流していく。横隔膜《おうかくまく》と腹筋が反射的に締めつけられる。

（……沈まれ……、俺の嘔吐《おうと》反射……）

じわりと浮かぶ涙を堪《こら》えながら、冬吾はもう一度腹の底から酸っぱい液を吐き出す。

視界が揺れ、全身がだるい。二日酔いの最悪な朝――それでも、少しは楽になることを祈るしかなかった。

「兄ちゃん、大丈夫か？」

大丈夫ではない。わかりきっていることを訊かないでほしい。冬吾は敢えて質問に答えず、口元を手の甲で拭った。

「救急車とか呼ぶか？　顔真っ青《まさお》やで」

「いや、呼ばなくていい……」

しんどいが、こんなことで貴重な医療リソースを使ってしまうのは申し訳ない。それにいまは保険証はおろか身分証明書の類《たぐい》を全く持ってないし、全額自費になったらシャレにならない。

しばらく植え込みに座りこんだあと、冬吾は立ち上がり側道《そくどう》を歩きだした。とことこと軽い足音もついてくる。

延々と続く曲がった下り坂を抜けると、急に視界がひらけた。

「あっ、もうすぐ海やんな！　ちょっとここで風にあたって休んでいこ！」

彼女はいまにも駆け出さんばかりだ。

少し歩くと小さな漁港があった。海面は昼間の日差しを反射して輝き、トタン造りの建屋は赤いサビを風にさらしていた。

「兄ちゃんは、ここで座っとき」と言われ、冬吾はコンクリートでできた堤防の縁《ふち》ちかくに腰をおろした。

透明度の高い波が堤防を打っては引いていく。規則性と不規則性のほどよく混ざった1／fのゆらぎ。α波がでてきたのか、さきほどの腹の中にヘドロを突っ込まれたような不快感は引いている。

「ほい、自販機で買ってきた。飲んだりぃ」

いつのまにか彼女は戻っていた。結露の浮いた青いペットボトルを差し出される。

おざなりなお礼を述べて、それを嚥下《えんげ》する。

一瞬で体に浸透していくのが表層意識レベルでわかる。計算しつくされたイオンと糖分のバランスを実感する。嘔吐・脱水のあとはやはりこれだ。

ちびちびとペットボトルの中身を飲み続ける。と、彼女が遠くを眺めて言った。

「鳥さんが元気に鳴いてるな。ウミネコかあれ」

「いや……、カモメだと思う。ウミネコは鳴き声がもっと低くて、猫に似てるはず」

「そうなんや。別モンなんや」

「学問的にはどっちも同じカモメ科だけど……。タイマイとアオウミガメの関係に似てるかも。見た目は違うんだけど、分類上は同じウミガメ科」

「タイマイってわからんわ」

「じゃあ、マンタとエイの方がわかりやすいかな。マンタも実はエイの仲間の一種なんだけど、普通のエイとは体の大きさも生態も全然違う。でも分類上は近縁で……」

「それも知らんて。カレーとボンカレーみたいなもん？」

これ以上議論を重ねるのも不毛な気がして、冬吾は「うん」と短く肯定した。

「あっ、なんかちっこいのおるやん。真っ昼間なのに珍しいなぁ」

いた。

「えっ」

後方から声がして、冬吾は振り返る。

彼女は黒々とした四足の動物の尻尾《しっぽ》をつまみ上げ、顔の高さでプラプラと揺らしていた。

ヒッ、と思わず声が出る。彼女は鷹揚《おうよう》に宣《のたま》った。

「兄ちゃん、生き物好きと違うんか？　これはヤモリ？　イモリ？」

いや、生き物には詳しいけど、それは図鑑で分類とか進化の歴史を実感するのが好きなだけであって、爬虫類《はちゅうるい》や両生類なんて見るのも嫌なぐらい――

「そんなビビらんでもええやろ」

恐怖で声も出せない冬吾の前に、ずい、と変温性虫食動物の四肢が差し出される。

「やめ……っ!!」

仰《の》け反《ぞ》った途端、バランスを後方に崩した。

やべぇ、と思った時にはもう遅い。

堤防の縁ギリギリに座っていた冬吾の背後には、海面の他に何もない。

ざぶん、と背中から海に着水する。次いで頭、耳、鼻にまだ冷たい海水がまとわりつく。

ぶくぶくと沈んでいく。どうすれば浮くのか。腕も脚も言うことを聞かない。怖い。

しょっぱい。どうしていいかわからない――

「――兄ちゃん、泳げへんのか⁉」

遠くに声が聞こえた。ああ、そうだよ。悪いかよ俺は泳げないよ。走るの遅いしボールは敵だし飛んだり跳ねたりもフザけてんのかってぐらい苦手だよ。みんなのいい笑い者だよ。最後まで汚点がついて回るなんて、

(ホント、クソみたいな人生)

「掴《つか》まって！　棒！　引っ張るから！」

棒？　と疑問を浮かべたとき、肩をドン、と一突きされた。竹の棒だ。

反射的にそれを握りしめる。意外なほどの力で引き上げられた。

顔が出ると、さすがに冷静さを取り戻した。堤防に手がかかったあとは、自力で海から這《は》い上がった。

「綺麗《きれい》な海オチやったなぁ」

笑い事じゃない。こっちは死ぬところだったのに。冬吾は肩で息をしつつ、アスファルトに這いつくばったまま動けなかった。

うっかり飲み込んでしまった塩水のせいだろうか、吐き気がぶり返してきた。

「──誰も見てない。今や」

「ホントに大丈夫？」

「しょせん廃棄されるもんやろ。誰も気にせんって」

GO！と背中を押されて、公民館に設置された「古着回収BOX」に駆け寄る。皮脂と洗剤が混じり合った臭いに顔を顰める。手近にあった男性ものらしき衣類の塊をひっつかんで、彼女の待つ民家の陰に急ぎ戻った。また見張りをしてもらって、その隙に着替える。

再び街道沿いを歩いて、海で濡れた衣服を洗うため、目についたコインランドリーに入る。「お詫《わ》びにここは」と彼女がお金を出した。

冴《さ》えないグレーのポロシャツと紺色の作業用ズボンを身につけた冬吾は、スツールに座って洗濯機の回転をぼんやりと眺めた。

「──ガン見してるけど、そんな貴重な服やったん？」

「え……、あ……、まぁ……、昔のツアーグッズだから、そこそこ……」

虚《うつ》ろに答える。

オタクにとって推しのグッズは金銭では測れない価値がある。実際再販もあまりしないから、未使用品をフリマアプリで探したら結構な値がついていたりもする。高温乾燥したら縮んでしまうな、と多少惜しく感じた。

（あ、こっちは大丈夫だったかな）

テーブルの上に置いた自分のボディバッグに手を伸ばした。ナイロン製だから撥水《はっすい》はするけど、少しでもファスナーが開いてたら中までアウトだろう。開けて中身を確かめた。

電源の入らないスマホ、失《な》くしても惜しくない安いワイヤレスイヤホン、充電ケーブル、自宅と実家の鍵——いずれも濡れておらず無事だった。が、

（えっ……）

財布が、ない。

今洗っている黒デニムのポケットは、洗う前に何もないか確認した。あとはバッグの他に仕舞う場所はないし、そこに入っていると思っていた。

ということは、海に落ちたときに尻ポケットに入っていて、溺れたときに財布だけ沈んだに違いない。

なんでこんなことに、と後悔しかない。テーブルにごつんと強く額を打ち付けた。

電車を乗り過ごしたのは自分の過失だ。だが、その後はどうだ。海に落ちたり、窃盗まがいのことをするはめになったりは、単独行動では起こりえなかったことだ。流されるままに彼女と行動してしまった自分の選択を責める。

「どうしたん？　兄ちゃん、へこんどるなぁ」

「――財布、失くした……」

「えっ、大変やんか」

どこで落としたんやろ、と彼女があたりを捜索する。だがそんなところに落ちているはずもない。

「あれよな。ホテルで精算するときはあったやん。ってことはいつ落としたんやろ」

彼女が喋っているが返事もできなかった。背中の真ん中が怠《だる》くて重い。頭の中では聞かん坊が「早く早く。早く。もう、振り回されるのなんてたくさんだ――こんなのやめたい」と叫んでいた。

「なぁ、あれやろ、兄ちゃんの財布って、古い革で、チェーンが繫がっとって……」

「君は、お金まだちょっとあるんだよね」

声は、自分でもわかるぐらい硬かった。「ある、けど」と応じる声も、同じぐらいぎこちない。

冬吾はテーブルの上に突っ伏したまま、低く呟いた。

「多少はこのへんのことわかるんだよね。だったら、先に帰っていいよ」

「え……」

でも、と彼女が反論しかけた。それを制して冬吾は言い放った。

「一人ならなんとかなるから。まだ洗濯は時間かかるし、遅くならないうちに早く帰りなよ」

顔が見られない。他人に拒絶されることはあっても、拒絶する側になるなんて滅多にないから、こんな言い方でいいのかわからない。でもとにかく、今の状況が惨めすぎて彼女に消えてもらうことしか願えなかった。

「もう、迷惑かけたくないんだけど」

しばらく傍《そば》に気配があったが、やがて自動ドアの開く音が聞こえた。

ドアはまた静かに閉まり、洗濯機の回る音だけが洗剤の匂いとともに漂う。

顔を上げると昼下がりの陽の差し込む店内には誰も居なくて、冬吾はため息を大きく一つついた。

（これで、よかったんだ）

自らに言い聞かせるも、心はずしりと重い。どうせ二度と会うことのない相手だとわかっていても、後味の悪さが尾を引きそうだ。

（あ…………）

何の脈絡もなく、過去の苦い思い出が蘇《よみがえ》ってきた。失敗や後悔を味わうと、突然フラッシュバックのように記憶が惹起《じゃっき》される。

――あれは浪人中のことだ。毎日睡眠時間は四、五時間、寝ている時間以外をほとんど勉強に費やすという生活を続けていた。口数も極端に減って、笑うことは皆無だった。比例するように体重は増えて、自我というものを失いかけていた。

そしたら、ある日壊れた。気がついたら寝間着のまま裸足《はだし》で歩道橋の上から白い街灯に照らされた幹線道路を見下ろしていた。涙がボロボロと溢れて、このまま飛び降りて何もかも終わらせたい気持ちと恐怖感の狭間《はざま》で、口からはわけのわからない言葉が勝手に出てきた。

その直後にBouquetの曲を偶然耳にして、立ち直るきっかけを得た。不健康な生活も見直した。だがあの日の雨に濡れたゴムチップ舗装を踏んだ感触も、流星のように遠ざかるヘッドライトの光も、通りすがりの若い女性の冷ややかな視線も、忘れようったって忘れることができない。

どれだけ努力したって、志望どおり医学部に入れたって、自分は何も変わらない。結局他人には迷惑をかけるか、搾取されて邪険に扱われるばかりだ。

（くたばっちまえよクソが――っ!!）

周りに誰もいないことをいいことに、汚い言葉をありったけ呟く。それは誰に対してでもなく、ただ自分にのみ向けられたものだった。

冬吾は、小さな交番の前の「現在巡回中です」という張り紙を見て立ち尽くした。

ようやく交番を見つけたというのに……。あわよくばお金を借りようと、それが無理なら知り合いの家に電話をかけて助けてもらおうかと思っていたのだが、いずれも無理そうだ。

日中、あれだけ強かった太陽の光がすでに傾きかけている。夜になるまでに何とかしないと……、ジリジリと焦燥感に駆られる。

「広島まで無賃乗車か……」

呟いたあと、彼はいやいやと首を振った。さすがにそれはマズい。柏原《かしはら》さんあたりに頼み込んで、改札までお金を持ってきてもらうか。実家に頼るのはなるべく避けたかったが、最終的にはそうするしかないかもしれない。何にしても、スマホがぶっ壊れた状態では難しいが。

(やっぱ、どっかに財布落ちてないかな……)

海に落としたと思いこんでいたが、自分は迂闊《うかつ》だから草むらか道端に落としたかもしれない。小学生の頃から、通知表には毎回「忘れ物が多い」と書かれていた。万が一の可能性を考え、漁港からコインランドリーまでの道のりを逆にたどる。

立ち止まるたびに、往路で交わした会話が思い出された。

『兄ちゃん、いまの車ランエボやったな。これから峠攻めるんやろか』

『吐き気はどない？　休みたくなったら言ってな』

……いまごろ、家路の途中だろうか。不審者に絡まれてたりして、と嫌な想像をしかけて、すぐに打ち消した。

（あの感じなら、誰かが普通に助けてくれるよな）

想像して、自らの現状との差に苛立つ。

結局、目をこらして側道を捜したが、たまにあるのは汚くなった小銭ぐらい。少額でもないよりある方がいい、と着服しているうちに、漁港に着いてしまった。

クィー、クィー……とカモメの鳴き声がこだまする。

昼間、海を眺めていた堤防には人影もなく、もちろん自分の財布らしきものも落ちてはいなかった。

冬吾は堤防から静かに海を覗き込んだ。

（ダメだ。全然見えねぇ）

海は穏やかで、水面はゆっくりと波打っていた。光を受けて銀色に輝く波の合間に、黒い影が漂うのが見える。

そのとき、黒い影から、ブクブクと小さな気泡が上がってきた。

「ぷはっ！」

海の中から女の子が現れた。

「えっ……⁉」

冬吾は思わず叫んだ。先ほど別れたはずの、彼女ではないか。

「何やってんの⁉」

驚きに声が裏返る。彼女は冬吾を見つけると、立ち泳ぎで岸壁まで寄ってきた。

「あんたの財布、捜してた。なかなか見つからんなぁ」

「うそ……」

愕然《がくぜん》とするあまり、言葉が出てこなかった。別れてから、すでに一時間以上経《た》っている。その間、彼女はずっと海で財布を探していたのだろうか。

何気なく振り返ると、建屋の陰に脱いだ服が置いてあった。彼女の肩には黒いタンクトップのようなもののみ張り付いている。何も着ていないわけではなさそうだ。

彼女の態度は朗らかで、強がっている様子もない。だが、唇は血の気が引いて青くなりかけている。

気温は高いが今はまだ初夏だ。何十分も海に入り続けていれば体温は奪われる。

「頑張ったって見つからないよ。疲れたでしょ」

それに、中身だってほとんどもうない。冬吾は精一杯に伝えたが、彼女は即座に首を振った。

「まだわからんて。それより、上がったら体拭くモン取ってきて」

冬吾は例の古着回収BOXまで小走りで行き、吸水性のよさそうな服を拝借した。罪悪感はあったが、それよりも早く港に届けたかった。

堤防まで戻ると、彼女はまだ潜水をしていた。

「おかえりー！　もうちょっとやから待っててな！」

沖のほうから明るく手を振られる。

だが太陽は傾き、海風はときおり過ぎた季節と同じ冷たさで吹いている。それでも彼女は上がってくる気配はない。

なんでこんなに一生懸命になれるんだろう。偶然出会っただけの関係でしかないのに。あんなに冷たい態度で突き放したのに。後悔で息が苦しくなる。

冬吾は海の中の彼女に向かって叫んだ。

「もういいよ！　戻ってきてよ！」

叫び声が、波の合間に溶けていく。自分のために誰かがここまでしてくれることが怖い。申し訳なさと居《い》た堪《たま》れなさで、胸が締め付けられる。

「もう暗いから、やめようよ！　僕が悪か……」

言いかけた瞬間、彼女が突然浮上した。

「あった!!!」

「見つかったの⁉」

伸ばした腕の先には、確かに見覚えのある古びた革の財布が握られていた。

彼女はこちらに泳いで来ようとしたが、財布を見て動きを止めた。

「あ、待って、昨日あんたが話してた迷子札みたいなんが……ついてへんで？」

「迷子札……？」

「財布のチェーンに犬の迷子札みたいのがあったやろ。ちらっと見せてくれたやん」

ハッとして、冬吾は思わずさらに前のめりになる。自分の財布には、「迷子札」ことドッグタグがついていたはずだ。

「あかん、もうちょい捜すわ」

「待って！　本当にいいから！」

「でも、あれ大事なもんやろ？」

財布を堤防に放り投げると、首だけ上げて抗議した。すがるような声。聞いているだけで泣きそうだ。

「昨日、その話するとき、寂しそうな顔してたやん。『お守りだから、ずっと持っててね』って、お父さんがくれたって……」

言われて思い出した。

小学校卒業後も捨てられなかったランドセルを母が見かねて財布にリメイクしてくれた話も、よく迷子になる自分を心配した父が、冗談めかして作ってくれたドッグタグの話も、最初は首からかけていたそれを、恥ずかしさから財布のストラップに付け替えたことも。昨夜酔った勢いでたくさん喋ってしまった。

だから彼女は、ずっと捜しているのだ。あれが思い出の品だと知っているから。

「もっかい行ってくる」

「だから、ダメ――うわっ！」

必死で制止しようとした体が、重心を失って前に傾く。慌てて堤防の縁を掴もうとするが、濡れた表面が滑る。

ざぶん、という水音。

再び冷たい水が体にまとわりつく。一瞬意識がとびかける。

「兄ちゃん⁉」

藻掻《もが》いていると、海水の中で腕を掴まれた。

引っ張られながら、堤防へと辿り着く。

先に彼女が岸壁を登り、冬吾を引き上げた。びしょ濡れになった二人の服から海水が滴る音だけが、しばらく続いた。

「兄ちゃん、泳げへんのに、無理せんとき」

顔をしかめながらも、その口調は優しい。子供をたしなめるときのようだ。

（まぁいっか）

いまさら格好つけたって何にも始まらない。この子の前では「どんくさくてうっかり者のアイドルオタクの兄ちゃん」、それで、いいではないか。

「ごめん……、でも、ほんとに大丈夫だから。財布は見つかったし——」

「そっちのお礼はいらんで。元の持ち主に返しただけやからな」

言葉を制され、冬吾は財布の中身を確認するふりをして俯《うつむ》いた。

ドッグタグを通したチェーンが繋がれていたはずの、からっぽのストラップホール。父との繋がりまで消えてしまったような気がして、胸の奥がざわつく。でも、不思議と後悔はなかった。

あれは「お守り」だった。だから海で溺れたときに、自分の身代わりになってくれたのだ。

「それにしても、兄ちゃんまたびしょ濡れやん。せっかくTシャツ乾かしたのに」

「あ、そっか」

そう言って振り返ると、彼女は古着で濡れた髪を拭いていた。少し離れ気味の双眸《そうぼう》がくっと細くなる。

「いま、ようやく目が合ったなぁ」

「……意識してなかった。そう？」

内心どきりとした。

実は他人と目を合わせるのが得意ではない。いつ頃からかは覚えていない。

でも少し変わった子だと周りに扱われることが増えるにつれ、どんどん苦手になったような気がする。

「まぁ、そういう人多いし、別にええんちゃう？　知らんけど」

「フォローが雑すぎる」

ツッコミを入れると、耐えきれなくて笑ってしまった。

同じように笑い出した彼女の後ろには、黄金の夕日が海を染めていた。

◯゜。゜。

「餃子《ぎょうざ》とライスにしよかな。うまそうやん」

「それでいいの？　他のメニューいっぱいあるじゃん」

「そしたら、兄ちゃんが食いきれんかったの食べるわ。好きなの頼みぃ」

街道沿いの中華料理店の中は、地元の客で賑《にぎ》わっていた。

案内されるまま、店の片隅にある小さなテーブル席に座り、ほっと一息つく。

なんだかんだあったけど、海の中で失くしたはずの財布は戻ってきた。スマホは相変わらずぶっ壊れているし、所持金もここを出たらお賽銭《さいせん》レベルしか残らないけど。彼女の体も冷え切っているし、と再び濡れてしまった衣服をコインランドリーで洗濯乾燥させている間に、食事を摂《と》ることにした。

運ばれてきたお盆には、カロリーの高そうな町中華が色とりどりに盛られていた。

「そういや、兄ちゃんっていまどこに住んでるんやっけ」

「いま？　広島だよ」

「あ、そうなん？　喋りとか東京《とうきょう》のひとっぽく聞こえるけど」

「出身はそっちのほうだけど、大学が広島なんだ」

答えながら冬吾はもぐもぐと油淋鶏《ユーリンチー》を咀嚼《そしゃく》した。

ひととおり平らげ、冬吾は一旦トイレに入った。

（あー……、今脳内でセロトニンめっちゃ出てそう……）

やっぱり空腹はだめだ。イライラして碌《ろく》なことがない。逆に昼間は何故《なぜ》あんなに気がたっていたのか。全然わからないぐらいだ。

お金はもうほとんどないけど、今はなんとかなりそうな気がする。

彼が戻ると、彼女は得意げに報告した。

「兄ちゃん、朗報朗報！　このおっちゃんの知り合いが、車で山口《やまぐち》まで行くって！

広島までなら乗っけてってもいいって言ってるらしいで！」

「え」

いつの間にか隣のテーブル席に座っていた中年男性は、耳にしていたスマホの通話を切ると、付け加えた。

「そしたらな、この先にあるＪＡの駐車場まで来てくれ言うとるわ。三十分ぐらいしたらそこに行くって」

「わかった！　あんがと！」

彼女は元気よく答えた。

急展開についていけないが、どうやら自分がトイレに行っている間に、他の客に助けを求めてくれていたようだ。

驚嘆すべき行動力と交渉術だ。感服するしかない。

（でも）

恐る恐る冬吾は尋ねた。

「え、と、広島までってことは、君は……」

「乗らんよ。方面ちゃうし」

彼女が平然と答える。

「ほらほら、コインランドリー寄ってたら時間ないで。待たせたら悪いわ」

追い立てられるように中華料理店を出ると、とっちらかった気持ちのまま指定の駐車場に向かった。


祝日のJAの建物は静かで、からっぽの駐車場には港からの潮の匂いが漂っていた。腰をかける場所もなく、二人は立ったまま車を待つ。

「なんか、昨日よりは気持ち寒い気がするな」

夜の色が一秒毎《ごと》に濃くなっていく。いつ車が現れるのか。待ち遠しいのかまだ来ないでほしいのかよくわからない。もし来てしまえば、この子ともお別れだ――

「そうだ、名前なんていうの？　教えて」

今の今まで、名前を知らなかったことに自分でも驚いた。どうして気づかなかったのだろう。

彼女はかすかに笑った。

「知らんほうがええよ」

予想外の答えに、冬吾は思わず声を大にした。

「なんで？」

「そういう出会いもあるってことや。兄ちゃんには、兄ちゃんの日常があるやろ。今日のことは、早《は》よ忘れんと」

「そんな……」

「夕べから今日までいらんことといっぱいしとるし、引きずらんほうが身のためやろ。うちのことは、幽霊か妖精だったと思えばええよ」

でも、と言いかけたとき、背後で車のクラクションが響き、冬吾の視線が途切れた。あの車だろうか、と目で追っていると、どんどんと近づいてきて、やがて二人の前で止まった。

車は古いセダンで、運転席には六十代ぐらいのおじさんとその奥さんが乗っていた。夫婦は車から降りると、親しげに手を振って歩み寄ってきた。

「君か？　広島まで帰るってのは」

「あ、はい、よろしくお願いします……」

「今から奥さんの実家に行くんだわ。今日中につけばいいんだけどねぇ」

「そんなら、あんま遅くならんほうがええですね」

彼女はそう言うと、後部座席のドアを開いて冬吾の背中を強引に押した。

足をもつれさせながら後部座席に着席する。ドアは外側からバタンと閉められた。

「それじゃ行くで。忘れ物はない？」

運転席のおじさんがブレーキを踏みながらこちらを振り向いて問う。

壊れたスマホも海水でちょっと萎《しな》びた財布も、乾燥で縮んだ服も下着も、自分が持ってきたものは全部ここにある。

だけど──

「すみません、ちょっといいですか」

断りを入れると、エンジンがかかるまえに冬吾はドアを開けた。

車の外に出る。見送りのために待っていた女の子の前に駆け寄った。

「なんやねん、危ないで」

説明してる場合じゃない。

冬吾は手に持っていたBouquetのTシャツを両手に持って広げると、彼女の頭からずぼっと被《かぶ》せた。

「どしたん、急に……」

「これ、持ってて！」

彼女がぽかんとこちらを見上げる。

「その、この一日でいろんなことあったから、君にもいろんな事情あるんだろうけど、あ、財布ほんとによく見つけたよね。でも海にずっと潜るの本当に危ないよ……じゃなくて、あの、とにかく、寒いってさっき言ったじゃん。免疫力下がるよ。つっても、これ半袖だし、そんなに防寒性能ないかもだけど、でも、いいから、これ君にあげるから、風邪《かぜ》ひかないで」

今更になって、聞きたいこと、伝えたいことが言った端からまた出てきて、溢れて止まらない。

加えて早口だし文法めちゃくちゃだし、たぶん半分も聞き取ってもらえてない。自分でも何言ってるんだろうって呆れるほどだ。でもたぶん大丈夫。

きっと、この子は、わかってくれるはず——

彼女がTシャツに袖を通し、言った。

「ちょっとこれ、大きいなぁ」

「あ……」

「でも、ありがとな。助かるわ」

大きな口が、食べ終わったあとのスイカの皮みたいな弧を描いた。耳の後ろが熱くなった。

再び急《せ》かされるのが嫌で、冬吾は自ら「じゃあね」と言って車に乗り込んだ。

ドアが閉まると、車はゆっくりと走り出した。冬吾は車窓から彼女の姿を見つめた。

彼女はそこに立ち、少し戸惑った顔で手を振っていた。

彼女の姿が小さくなり、やがて視界から消える。

彼の視線は遠くの空に向けられた。星さえ輝かない空。車の中では、運転手のおじさんと奥さんが穏やかな会話を続けていた。

冬吾は静かに目を閉じた。

車の揺れに身を委ねれば、あとは眠りの海に深く落ちていくしかなかった。

インナーチャイルド

夏の日差しが強い午後、上野《うえの》は人々で賑わっていた。

「えっ、学生証って普通は持ち歩くものなの？」

冬吾が疑問を投げかけると、裕翔《ゆうと》はとんかつを一口かじりながら、

「あのなぁ、映画館とか美術館とか学割で入るときどうしてんだよ。普通なんかしらの身分証明書って携帯するもんだぞ」

「でも、映画ってそんなに観に行かないし、美術館もいきなり行こうってなんないし。大学で出欠取るときに使うぐらいで、なんか、今まで持ち歩く必要性を感じなかったんだけど」

「お前、そういうところあるよなぁ……。とにかく、今は俺たちも制服着た高校生じゃないし、職質される可能性も大いにあるんだから、学生証ぐらい持っておきなさいよ」

と、呆れ半分でアドバイスを送った。

店内は、揚げたてのとんかつの香ばしい匂いで満たされ、カウンターの向こうでは、職人が丁寧に食材を扱っているのが見えた。

さすがとんかつ激戦区の上野の中でも人気店なだけある。サクサクの衣から溢れ出るジューシーな肉汁は絶品だ。でも裕翔の頼んだミックスフライ定食（エビフライつき）もやっぱり美味しそうで、物欲しげ視線をチラチラと送ってしまう。

田中《たなか》裕翔は冬吾の中高時代の同級生で、数少ない友達の一人だ。

冬吾の名字も以前は「田中」で、中学二年で同じクラスになって以来自然と仲良くなった。冬吾はちょっと遅めの夏休みが始まり、実家に帰省し旧友と親交を温めている最中だ。

もともと人見知りで引っ込み思案だった冬吾と違い、裕翔ははっきりとした言動で、物怖《ものお》じもしない。一言多いのが玉に瑕《きず》だが、ぐいぐいと自分を引っ張ってくれる裕翔は、出会った頃からずっと冬吾にとって頼りになる存在だった。見た目も老け顔で、常に二、三歳年上に見える貫禄《かんろく》がある。

「そろそろライブ会場行こうかな」

食事を終え、冬吾が言い出すと、裕翔は「ああ」と頷いた。

「じゃ、俺もリアルがあるから」

荷物をまとめ始めた裕翔に、冬吾は聞き返す。

「リアル……って何？」

「あー、アプリで知り合った子と現実《リアル》で会うことだよ。あ、遅刻したらやべーし、もう行くわ」

意外な返答に「えっ」と思わず声を上げた。

「アプリ」とぼかしているが、男女の出会いを目的としたマッチングアプリのことだろう。

「そういうのって、危なくないの？」

疑問を呈すると、裕翔は一瞬ぽかんとした後、テーブル越しに手を伸ばし冬吾の額をわしづかみにした。

「ホント、お前はかわいいな！」

「ちょっ……、やめろよ！」

顔をのけぞらせると、裕翔は突如分別くさく冬吾をたしなめた。

「あのねぇ冬吾くん、もし危なかったらこんなに流行《はや》ってるわけないでしょ。それとも不純だって言いたい？　でも、そうやって何もしねぇで待ってるだけじゃ女の子と付き合うなんて一生無理よ？　っていうか、お前まだバキ童？」

「うっせぇ。裕翔もだろ」

「いや、さ、だったらお前もやってみりゃいいじゃんって話よ。何てったってお前には『将来性』っていうブッ壊れ性能があるわけだし、使わない手はないっしょ。それともなに？　まだあの大学で会った千葉《ちば》の子のこと引きずってるの？」

冬吾は答えに詰まった。

久美子のことはいまだに見かけるたびに素敵だな、と感じる。最近は大人っぽくもなって、以前より洗練されて綺麗になった気もする。

だけど、胸が痛くなることはなくなった。代わりに人混みの中で探すのは、別の人の面影《おもかげ》だ。

「あの……」

「あー！　やべっ、日比谷《ひびや》線止まってるって。ちょっと遠回りになるから俺もう行くわ！　す～ちゃんに元気貰《もら》ってこいよ！」

裕翔はあわただしく席を立つと、「それじゃーね」と笑いながら店を出ていった。

（……ていうか、「かわいい」ってなんだよ）

一人になると、裕翔との会話が胸に去来した。なんだかとてもバカにされたような気がする。

自分が他の同世代から微妙にずれてるのは、昔から重々承知している。

世間知らずだし社会常識もちょっと怪しいし女の子と付き合ったこともない。小学校のときは四月中に教科書を全部読んでしまい、授業をろくすっぽ聞いておらず定期的に担任から叱られた。そのくせ妙に影が薄くて、小学校の同級生に地元で会っても気づかれたためしがない。

私立の中学に通い始めても、買い食い禁止を律儀に守っていたせいか級友との話題にイマイチ乗れなかったし、高校の頃まで私服は親が買い与えたものしか着たことがなかった。知らない人との会話はいまだに緊張するから、髪を切ってくれる美容師さんは口数少ない人じゃないとムリ。そういえば、以前一度だけ街中で会ったBouquetファンの人と飲みに行ったこともあったけど、向こうからガンガン来てくれたのと共通の話題があったからその場はなんとかなっただけで、結局さほど仲良くなったりもしなかった。

(裕翔は、これから……)

女の子と楽しくデートするんだろうか。同じ学校だった頃はどんぐりの背比べだったのに、気づけば経験値で大きく水をあけられている。裕翔は現役で大学に合格したから、その分もあるのだろう。

それにしても、地下鉄を降りてから会場までが遠い。冬日は傾いてもまだまだ夏の空気はうんざりするほど暑く、吾は埋め立て地にたたずむ会場を目指して足をひきずるようにして歩いた。

だが会場が見えてくると、一気にテンションはあがった。

今日はラジオ番組が主催するイベントで、新興のユニットからベテランアーティストまで幅広いラインナップがステージに立つ。

冬吾の目当ては、もちろんBouquetだ。彼女らのパフォーマンスを間近で見られると思うだけで、さきほどの憂鬱は消し飛んだ。

会場の方からは、早くも歌声と歓声が聞こえてきた。Bouquetの出番までまだまだ時間はある。

冬吾は野外に設置された物販コーナーへと向かい、会場限定のグッズを手に入れるために列に並んだ。

その列は長く、ファンたちの熱意がひしひしと伝わってきた。

「24番ひとつお願いします」

「24番……、Bouquetのロゴトートですね。お待ちください」

ビニールに包まれたトートバッグが手渡される。どうやら最後の一個だったようで、物販コーナーのお品書きの24番に、大きな×が書き込まれた。よし、と軽くガッツポーズ代わりの拳を固める。

（やった……‼）

Ａ４サイズよりも一回り大きくて襠《まち》があるトートバッグが以前からほしかった。漬け物石みたいに重くて分厚い教科書をぶちこんでも大丈夫なやつ。これなら縫製もしっかりしてそうだし、持ち手がもげたりしないだろう。

浮かれた気分で列を後にする。

と、一人の女の子が目に留まった。

（――――え、あれ……、えっ⁉）

鼓動が高鳴った。

あのときの名前も知らない女の子が、物販の列の近くにたたずんでいた。

彼女は険しい顔でスマホを凝視している。少し離れた目、大きめの口、自分の半分ぐらいしかない小さな顔、記憶にあるより少し髪は伸びていて、あのとき別れ際に着せたのと同じＴシャツを着ている。

ああ、何だよ。こんなにあっさり会えるなんてマジで奇跡だ。

「なんですか？」

女の子が問いかけながらこちらを見上げた。

いつの間にか50㎝ほどの距離まで詰めていたようだ。冬吾は内心飛び上がらんばかりにビビった。

「え……、と、あの」

声を聞いても違和感はない。だが彼女は自分を前にしても思ったような反応を見せない。

（え……、別人？）

そういえば自分が渡したTシャツはもう少しサイズが大きくはなかったか。Bouquetが参加するライブなら同じ柄のものを着ている人がいても不思議じゃない。とにかく、自分を見知った人間の対応ではない。

やばい、何と言い訳しよう、としどろもどろになって口走る。

「あのっ、もしかして、Bouquetのトートをお探しかなって。売り切れになっちゃったやつ……」

慌てて目を逸らすと、彼女の上ずった声が聞こえた。

「なんでわかったんですか？」

（当たった）

苦し紛れに放った矢がまさかの命中。

裕翔は自分のことを「意外性S+」と評することもあるが、実際たまによくわからない事態を引き当てる。

彼女は冬吾が小脇に挟んでいるものを見遣《みや》った。

「……って、買えたんですね」

「あ、はい、ラスイチで」

「いいなぁ。私、ギリギリ買えなかったんですよ。それ目当てで来たのに。オンラインでも全然買えなくて」

心底残念そうに呟く。

「あの、そしたら、これ、どうぞ！」

冬吾はビニールの包みを手に思わず口走っていた。こうでもしないと、この場の収拾がつかない。

「え、そんな、悪いですよ」

「いいです、他にもグッズいっぱい持ってるんで……。あの、使ってください」

「それじゃぁ、お言葉に甘えちゃっていいですか？」

どうぞどうぞ、と押しつけるようにバッグを渡す。代わりに金額ぴったりの枚数の千円札を受け取った。花のような笑顔が眩《まぶ》しい。

「ありがとうございます。親切な方がいて嬉《うれ》しいです」

その喋り方はあの子とは全く違っていて、やはり別人だと思わざるを得ない。

冬吾は余計なことを訊かれる前に「それじゃ！」とひきつった笑みを浮かべて退散

した。

✧☆✧

「もりあがってるかーい！　トーキョー!!!」

午後七時過ぎ、Bouquetのライブが始まると、アリーナは一層の熱気に包まれた。

「ランラン！　かわいい！」

「いいぞふじみき――――！　ナイスダンス!!」

「今日も大輪の花を咲かせてくれ――――!!!!」

歓声が飛び交う中、冬吾はす〜ちゃんに近づくため、人混みを掻《か》き分けて前方へと進んでいった。

『3・4　Boy　勇気がないのね　キミは迷える子羊』

『張り切って　努力して　それでも甲斐がないよね　涙のサン・セット』

ステージ上の彼女は、まさに女神のようだった。

完璧なダンス、緩急の利いたMC、歌はほとんど口パクだけど、業界随一といわれる最先端の視覚効果を盛り込んだステージ演出はおよそ現実のものとは思えなかった。

（す〜ちゃんのお父さんお母さん、す〜ちゃんを産んでくれてありがとう……）

顔がいい。立ち姿がいい。指先まで上品な仕草がいい。

もうそこに存在してくれているだけで奇跡だ。なんか尊くて泣けてきた。これだけ大勢の人を魅了しているのに、少しも驕《おご》ったところのないピュアさがたまらない。

曲と曲の間、一瞬だが彼女がこちらに視線を投げかけた。激しく手を振ると、彼女は嬉しそうに眦《まなじり》を下げた。

（あ〜〜〜〜〜〜〜、好《ハオ》〜〜〜〜〜〜〜〜〜〜〜〜〜!!!!!）

……俺、今の瞬間死んだ。R・I・P。


暴騰する情緒に一度昇天したものの、なんとか生き返った冬吾は、充実感を胸にアリーナ《一階席》を後にした。

人々の流れに身を任せながら、出口を目指して建物の外周を回っているとき、突如として現実に引き戻された。

前方の人混みから聞こえてきた悲鳴。

冬吾は皆に倣って足を止めた。

「大丈夫ですか？」

「ちょっと、誰か呼んできて！」

ざわつく人々の間で女の子がうずくまっている。

肩からはライブ前に自分が購入してすぐ手放したトートバッグをかけていて、見たことのあるTシャツと細い背中でピンと来た。……さっきの女の子だ。

どうやら連れはいない。冬吾は直感的に駆け寄り、明瞭な口調で問いかけた。

「お姉さん、意識はありますか？」

「はい……」

彼女の弱々しい返事を聞き、腕を取った。脈は正常。循環器系の障害ではないだろう。

「ちょっとすみません、空けてください」

冬吾は周囲の人々に呼びかけ、彼女に肩を貸して建物の外へと連れ出した。

☆

ぐったりした女の子をベンチに横にさせて、冬吾はその横に間を空けて座った。

「すみません、ご迷惑をおかけして」

「あ、いえ、大丈夫です」

答えながら、彼女の声が徐々に力強くなってきているな、と感じた。

「Bouquetのライブ中もちょっとダルかったんですけど、終わったらなんか急に力が抜けちゃって……」

「迷走神経反射ですかね。安静にしていればよくなると思いますよ」

全校集会で校長先生が喋ってるときに、女の子がいきなり倒れたりするあれです、と付け加えた。

「詳しいんですね」

「え、あ、ははは」

冬吾は笑ってごまかした。

本職の医師でもないのにそれっぽいことを言うのはマズい。ついうっかりが過ぎた。

「どうですか？　少しは元気になりましたか？」

冬吾が尋ねると、女の子はかすかに頷き、徐々に上体を起こし始めた。

「はい、だいぶ良くなりました」

彼女はしおらしく答えた。

その口調は、冬吾が以前無人駅で出会った子とは全く重ならなかった。

(でも……、見た目はホントに似てる)

もう二ヶ月以上前のことだけど、顔をまじまじと見ていたわけじゃないからアレだけど。

それでも、骨格ストレート・身長は目測で162㎝・痩せ形の体型も、細め・硬め・

直毛の髪質にも確かに既視感がある。

「あの……っ」

言いかけたところで、ブッ、ブブブーとポケットの中のスマホが振動した。

冬吾は反射的に通知を確認する。と、ライブ中は気づかなかったが、同一人物からの通知が何件も溜《た》まっていた。

【滝沢春香《たきざわはるか》：いつ帰ってくるの？　今日は冬吾の好きなコロッケ作ったよ】

【滝沢春香：帰ってこないから先に食べちゃったよ。お母さん先に寝てるからね】

【滝沢春香：やっぱり心配だわ。どこにいるの？　駅まで迎えに行こうか？】

【滝沢春香：生きてる？　警察に連絡したほうがいい？】

冬吾は震えた。文面が時間を追うにつれ情緒不安定を増している。

母のこの手の言動は、冗談か本気かわからない。この前の連休中に旅先でスマホをブッ壊して音信不通になったことも影響しているのだろう。

以前から母親は息子《自分》を過剰に心配するきらいがある。それもこれも、常に不注意な自分が悪いのだが。

ともかく、早めに実家に戻らねば。

「どうか、しましたか……？」

ベンチの隣にいる女の子に問いかけられた。

「僕、もう帰らなきゃいけないんですけど」

「え……、すみません、ホントに助かりました」

「いえいえ、ぜんぜん、謝ることじゃないです」

「でもホントに、二回も助けてもらっちゃって。お礼のしようもないんですけど」

二回、とは買い逃したバッグのことと、倒れたのを助けたことだ。いずれにせよ、落とした財布を海に潜って拾ってもらうのに比べたら全然大したことじゃない。

それでも彼女はまだ恐縮した様子で、「すみません」を繰り返している。

こういうときどうすればいいか――

対人関係のノウハウなら、本や漫画や動画やブログでさんざん勉強してきたじゃないか。いままで出番を待っていた知識たちよ、いまこそ輝け……!!

「……それじゃ、また、改めて今度、会いませんか」

どもったり噛《か》んだりせず、ちょうどいいトーンで訊けたと思う。やればできる子。自分でもびっくりするほどだ。

せっかく出会った相手のことをよく知りたいけど、タイムリミットが迫っている。シンデレラボーイなんて柄じゃないから、ガラスの靴の代わりに、爪痕を残していきたいのだ。

彼女が笑って頷いた。そして魔法は続いた——実家のドアを開けるまで。

「あああ、遅いっ！　どこ行ってたの？　お母さん、あなたが事件か事故にまきこまれたんじゃないかってずーっとドキドキしてたのよ⁉」

度の強い眼鏡《めがね》の奥で小さな目が忙《せわ》しなく瞬く。昔から変わらない仕草だった。

さっきまでの天国気分から急降下。帰るなり母のお説教が始まった。

ひたすら「すみません」「初めていくライブ会場で勝手がわからなかった」と繰り返して嵐が過ぎるのを待つ。

が、今日はいつもよりしつこい。

「あんたはしっかりしてないから!!!!」

「いままで何回電車乗り過ごして、茨城《いばらき》まで迎えに行かされたと思ってるの⁉」

——とうとう、過去のことまで持ち出してきた。

それでも、黙って耐えること時間にしておよそ山手線《やまのて》半周分。母親もさすがに叱り疲れてきたのか、一度大きく息を吸った。

「これから夏休みが終わるまで、外出するときは必ず行き先と誰と一緒か言いなさい」

「え」

「お母さんだって心配したくないけど、あんたの性格じゃ無理でしょ！　いざってときに、どこに連絡すればいいか知っておいたっていいじゃない！」

自分の粗忽《そこつ》さがどれだけ周囲に迷惑をかけてきたか。身にしみているだけに、冬吾は頷くしかなかった。

（あー……、長っげーなぁ）

シャワーを浴びて、ぐったりとベッドに倒れ込む。

大学生になれば少しは安心してくれると思ったのに、母の不安は増すばかり。息子の将来を背負う重圧が、母ををますます追い詰めているのかもしれない。

今までなら、小言が頭の中で回って、自分のダメさを延々と考え続けるところだ。

でも、今日は違った。不意に数時間前の出来事を思い出す。

『はい、だいぶ良くなりました』

優しい声と、照れたような笑顔。倒れそうになった彼女を支えたときの、かすかな体温。手のひらにまだ残っているような気がして、冬吾は何度もごろごろと寝返りを打った。

ライブ会場で見かけたときの、あの衝撃。

でも、あの時の子と雰囲気は全然違う。あの時の子が活発で気の強そうな感じだったのに対して、今日会った子は儚《はかな》げで、お姫様のような……。

(やば、全然眠れない)

明日、彼女からメッセージが来るかもしれない。期待感だけで胸の中がフワフワと膨らんでいく。母親のしつこい叱責なんかどうでもよくなってきた。

(でも、あの時の子にホントにそっくりだったな……)

電車を乗り過ごした日の潮風の匂いが蘇る。それから改めて交互に思い出を噛み締めた。

知らないうちに、夏の朝特有の強い光がカーテンの向こうを白く染めていた。

☆

丹波《たんば》地方は、兵庫《ひょうご》県から京都《きょうと》府の山間部にまたがる深い由緒ある土地だ。古くから野菜や豆類の栽培が盛んで、城の周辺には古民家が点在し、関西や他の地域からの観光客で賑いを見せている。

その中の、山裾の集落にある一軒家の庭先。

夏の光が溢れる縁側に置かれていたスマホが鳴った。

「はーい、何？」

『もしもし、くるみ、いま大丈夫？』

「うん。ええよ」

くるみは汗をふきつつ快活に答えた。電話の相手は、妹のこのみ。

『くるみの学校って、夏休み始まったんだっけ？』

「うん、今週から。だから、ばあちゃんち来とるんよ」

くるみたち姉妹の実家は隣の大阪《おおさか》にあるが、寮生活中のくるみは夏休みが始まるとすぐに、ここで独居している祖母の家に身を寄せていた。

「このみは？　まだ東京？　いつ大阪帰るん？」

『ちょっと、こっちにいようかなって』

くるみの質問に、このみは少し間をおいてから答えた。

実家の父母とべったりだったこのみが、そんなことを言うなんて。これは――

「もしかして、男でもできたん？」

『火の玉ストレートがエグいて。まぁ、中《あた》らずといえども遠からずっていうか……』

「えっ、どういうこと？　どんな子？　もうチューした？」

『身内でももうちょい慎んでや。そんなに聞かれたらいいづらいわ』

「あ、ごめん」

謝るとこのみはことの顛末《てんまつ》を話し出した。

どうやらこのみは、ライブイベントで自身が応援しているBouquetのファンの男の子と出会ったらしい。このみが具合を悪くして倒れかけたところに、彼がやってきて介抱してくれたと。

「なんやそれ、かっこよすぎひん?」

『な。えらい落ち着いてて、頼りになるんよ。物知りで頭良さそうでな。あと、売り切れになったグッズも譲ってくれたわ』

「ええ奴《やつ》やな。顔は? イケメン?」

『悪くはないんやないかなぁ。一見クールなんやけど、笑うと急に可愛《かわい》くなる感じ』

例えがピンと来ないが、「悪くない」というのは面食いのこのみにしては珍しい評価だ。

くるみはますます気になって尋ねる。

「彼女はおらんのかな?」

『どうやろ。でも、彼女いたら他の女に「また会おう」なんて言う? たぶん、おらんのやろな』

「え、向こうから誘ってきたんか?」

『そう。別れ際にサクッと言われたわ』

「ん――!! めっちゃええやん! このみ、そいつ放したらあかんよ!!」

くるみは、双子の妹の新たな出会いにはしゃいだ。「くるみちゃん、くるみちゃん」と自分の後をついてきてばかりだったこのみがこんなに成長するなんて。寂しくもあるが、嬉しさの方が勝る。自分のことのように前のめりになってしまう。

電話を切った後、くるみはふと庭先を見遣った。すっかりくたびれた老犬が、日陰ですやすやと寝息を立てている。

祖母の家で飼っている「あられ」は、幼い頃の冬の日に自分が見つけて連れて帰ってきた。当初はボサボサで毛艶も悪かったが、洗ってご飯をあげているうちに見違えて綺麗になった。犬種はわからないが、どこかの日本固有種をルーツにしていそうな面立ちと体型をしている。

そして物干し竿《ざお》には、五月の連休中に旅先で出会った男の子にもらったTシャツがはためいている。

捨てるわけにもいかず、こうしてたまに着ては洗っている。このみにあげようかとも思ったが、なんとなく躊躇《ためら》われてまだ手元にある。

(そういやあの兄ちゃん、元気しとるかな)

同じBouquetのファンでも、このみが出会ったという男子とはえらい違いだ。あの兄ちゃんは臆病で、どんくさくて、人見知りで、共通点といえばちょっと頭が良さそうなことぐらいか。

広島まで無事に帰っただろうか。知る方法はないけれど、あられの首の鑑札を見るたびに、彼が失くした迷子札とともに思い出してしまう。

でもまぁ、それより今は妹の恋路を応援しよう。お姉ちゃんは、いつでもこのみの味方だから。

☆

夏休みの東京は、猛暑による熱気と人波で溢れていた。それでも、スカイツリータウンへ向かう人々の顔には、期待や興奮が浮かんでいる気がした。自分もその一人だ。

「ごめん、待った？」

冬吾が声をかけると、相手は重そうなまぶたを眩しそうに細めた。

「……おっせーよ。お前、真夏に野外で待ち合わせって殺す気？」

裕翔の容赦ない言葉にちょっとしょんぼりする。だがすぐに気を取り直して「あっちだよ」と建物を指差した。

彼らの目的地は、古典的人気ゲームをコンセプトにしたカフェだ。そのキュートな世界観とフォトジェニックなメニューで、SNSを賑わせている場所でもある。

店内に足を踏み入れると、客席では「かわいい」「ぷっぷー」という単語がぽんぽんと弾《はじ》けていた。

「こういうのこそデートで行くべきじゃね……？」

きまり悪げな裕翔の呟きに、冬吾は珍しく反論した。

「だって予約がこの時間しか取れなかったんだもん。仕方ないじゃん」

「成人男性が『もん』とか言わないの」

「そういうのって差別だと思います！」

小さい頃から好きだったゲームの世界にいるせいか、つい口調も子供っぽくなってしまう。Bouquetを応援するうちに推し活の楽しさを知った冬吾は、帰省したら推しゲームのカフェにも一度行っておこうと思い続けて、今回ようやく念願叶《かな》った。

裕翔はキャラの形をしたパンケーキをサクッと刻みつつ、尋ねた。

「で、ええと、これから会う子って先週のライブで会ったんだっけ？」

冬吾は一旦ソーダを啜《すす》るのをやめた。

実はこの後、ライブイベントで出会った女の子——「このみ」と会う予定があり、そのことを裕翔にも話してある。また、母親には「今日は裕翔とスカイツリー周辺で遊んでくる」と言って出てきた。

「うん。上野でとんかつ食ったよね。ちょうどそのあと」

「なんかお前見直したわ。意外に行動はえーな」

そうかな、と軽くはにかむ。偶然に偶然が重なった結果で、特別な努力なんかはしてないのだが。これから二人で会うと思うと、不安と期待で落ち着かない。

「ちなみにどんな子？」

「都内の大学生だって」

「出身は？」

「知らない。聞いてない」

「学年は？」

「わかんない。でもまだお酒飲めないってDMで言ってたから、たぶん年下」

裕翔ははぁ、と大げさにため息をついた。

「お前なぁ……なんでもっと訊いておかないのよ。見直したって言ったの返してもらっていい？」

「いや、なんか訊こうと思っても『次にあったときにお話ししましょ』みたいなレスされて。そしたら誘うしかないかーってなるじゃん」

裕翔は眉間に深い皺《しわ》を作り、もじゃもじゃの天パ頭を捻《ひね》った。

「なぁ……、悪いけどさすがにマルチとかじゃねぇよな？　おかしいな、と思ったらすぐ連絡するんだぞ？」

さすがに考えすぎのような気もするが……。冬吾はパフェをつつきながら、裕翔には「はぁい」と返事をした。


カフェのある建物を出ると、冬吾は少し心配そうに空を見上げた。夏の空は高く、雲一つない青さが広がっていた。

彼はスマホを取り出し、時間を確認する。少し早いけれど女の子を待たせるのも心苦しいので、待ち合わせ場所に向かうことにした。

遊歩道にはスカイツリーの影が濃い色を落としている。

「どの辺で待ち合わせ？」

駅に向かう途中の裕翔が尋ねる。

「すぐそこなんだけど……あっ」

塔が作り出す影の中に、細身の女性の姿が見えた。

（このみ……ちゃん）

涼し気なノースリーブのワンピースを着た彼女は、柔らかな笑顔でこちらに手を振った。

が、冬吾が一人でないことを認めると、少し怪訝《けげん》そうに片眉を上げた。

「このみちゃん、こいつ、僕の友達の裕翔……」

冬吾が紹介すると、裕翔は気まずい空気を払拭するように「どうもこんにちは～。冬吾くんの中学からの友達です！」と言った。

一瞬、奇妙な沈黙が生まれたが、このみはすぐに「はじめまして」と笑顔で返した。

「なに、これから二人で展望台でも行くの？」

「どうしようかな……、お昼のあと時間あるし、行く？」

「あ、はい！　行ったことないので行ってみたいです」

「いいなぁ。意外に関東民も行かないもんだよな。俺も行ったことないな」

間をとりなすような裕翔の言葉に、このみは少し考えてから続けた。

「あの、よければ、裕翔さんも一緒に行きませんか？」

突然の誘いに、裕翔は泡を食って後ずさる。

「え、そんな悪いですよ」

「こういうのって、人数多いほうが楽しいじゃないですか」

「ねぇ？」とこのみがこちらを見上げた。別に二人きりにこだわるつもりもないので、

「そうだね」と同意した。

「いや、俺用事が……」

「え、さっき『今日はもう帰って寝るだけ』って言ってなかった？」

結局、冬吾の一言が決め手となり、裕翔は「……まあ、いいよ」としぶしぶ承諾した。

☆

三人はスカイツリータウン内を歩き始めた。空調が利いたタウンの中は人でごったがえし、まっすぐ歩くことは困難を極めた。

途中、冬吾のスマホが震えた。

冬吾は店を探すフリをして少し離れた場所でスマホを見る。

【田中（裕）：お前バカなの？　常識的に考えて俺がいたら邪魔にしかなんねえだろうが！　向こうが社交辞令言ってることぐらい理解しろこのボケナス!!】

【105：ごめん。でも、二人きりだと沈黙が怖いし、居てくれると助かる。】

【田中（裕）：ああ……。その素直さに免じて今日は許してやる。お前の印象を良くする方向で話すから、ちゃんと合わせろよ。】

【田中（裕）：ってか、外見レベル高いな。アイドルオタクっていうからもっとこう違うタイプ想像してた。お前ごときがよく声かけられたなぁ。】

【105：知り合いに似てたから間違えたんだ。】
【田中（裕）：知り合い？　どこの？　学校か？】
【105：いや、今年のGWに一回会っただけの人なんだけど。とにかく、話は合わせる。お願いします。】

自分で誘っておきながら情けないとは思うが。二人きりはやっぱりまだ緊張する。流れで裕翔も来ることになったのは、むしろ渡りに船かもしれない。

結局、キャラカフェ内で裕翔といくつかピックアップしておいたお店のうち、このみが選んだ韓国料理店へ行くことにした。

ちょうど混み合うお昼時だったため、入店まで二十分ほど待ったが、通された席はゆったりと座れる半個室で、声の通りの悪い冬吾はホッとした。奥の座席に冬吾と裕翔が並んで座り、このみは向かいの席に座った。

裕翔は軽妙かつ率直な切り口でこのみの個人情報を早々に引き出した。

このみは都内の女子大の文学部一年であること、現在都内で一人暮らしをしていること、中学生の頃からBouquetのファンであることが判明した。

「それで、お二人は……」

このみに問い返される。

裕翔は「中央《ちゅうおう》線沿いの学校に通ってる」とざっくり自己開示すると、冬吾の肩をポンと叩いた。

「ちなみにこいつは医学部生。こう見えてすごいのよ」

このみの目が驚きに輝く。

「ホントに？」

「え、まぁ……」

「いやもう昔からこいつすげぇ奴でね。全国模試で何度か一位とったことあるし、関数の問題とかも計算する前にパパッと答え言い当てちゃうし、記憶力もヤバくて、学年どころか学校にいる生徒全員の顔と名前と生年月日覚えてんの。本人は否定するけど、ちょっとした天才なのよね」

ちょっと……、ハードル上げすぎだってば。模試で一位って総合点じゃなくて一教科だけ、しかもあんまり参加人数の多くない模試だっただけで、計算する前に答えが出たのは似たような問題を前日に解いたことがあったからだし、最後のやつは「キモい」「覚える意味わかんない」「ストーカー予備軍」って不評で中二以降止《や》めた特技じゃん。

さぞかし引いただろう、とこのみの方をちらと見ると、「へぇ」と素直に感心しているようだった。

「すごいですねぇ。本当に優秀なんですね」

「でしょ。友達の欲目かもしんないけど、結構いい奴で見た目もかわいいのに天才。ホントね、俺の自慢の友達なのよ」

いやいや、マジでそんなんじゃないから！　医学部選んだのも「お前は成績いいけど会社勤めとか公務員とか絶対無理だから、何があっても食いっぱぐれない資格取りなさい」って親に言われたからだし、実家は全然お金持ちじゃない上に母子家庭になっちゃって、それで国公立行くしかなくて猛勉強したけど、大学には自分より頭いいやつばっかいるし、追試にはなんなかったけどどの教科も点数ギリッギリだし、実習では班員の足ひっぱりまくって学校ではわりと残念な子扱いされてるんです……!!

「あ、あの、私ももう一人ここに呼んでいいですか？」

このみの一言に、冬吾は顔を上げた。

裕翔に「別にいいよな？」と尋ねられ、「え……、あ、もちろん」と彼は答えた。

「そう言ってくれると思ってました。実はもう、こっちに向かってます」

嬉しそうに微笑《ほほえ》むこのみに、裕翔が問う。

「へぇ、どんな子？」

「普段は関西の高専で寮生活してるんです。私と違って、いわゆるリケジョです」

「高専かー。うちの大学にも編入生いるしそこ出身の先生も多いけど、みんなキャラが濃いっていうかクセが強いっていうか。その子もそんな感じ？」

「どうでしょう？　来てのお楽しみってことで」

（こうせん？）

二人の会話に、冬吾は内心疑問に思った。だが「それって何？」と訊ける雰囲気でもない。テーブルの下でスマホを操作し、検索を始める。

高専とは
「高等専門学校」の略称で、中学校卒業後、五年間一貫教育実験や実習を重視した早期の技術者教育を行う教育機関。（商船系は五年半）大学と同じ「高等教育機関」に位置付けられている。
就職率はほぼ一〇〇％で、「即戦力」として、有名企業にも採用される。
進学する場合は、併設の「専攻科」に進学、もしくは他大学（多くは国公立の工学部）に編入学ができる。

つまり工業系エキスパートの養成機関か。中高一貫校に通ってた自分のアンテナに引っかからなかったのも道理ではある。予備校の偏差値情報もクリックしてみた。

……おおう、思ったより超ムズい。

（そういや、「普段は関西で生活してる」って……）

その子とどこで知り合ったんだろう。このみも関西出身なんだろうか。今は標準語で喋っているけれど、もしかして――

その瞬間、半個室の衝立《ついたて》の後ろから声がした。

「このみ、ここでええの？　お邪魔しまー……す」

心臓が縮み上がった。どこかで聞いたことのある喋り方だ。

このみが立ち上がって迎え入れる。「もう一人」の女の子は、半個室に入るなり、このみとおんなじ顔をして元気よく挨拶を述べた。

「はじめまして、こんにちは！　八木《やぎ》このみの姉のくるみです」

「実は私たち、双子なんです」

（……って、アホなことあるかい！）

心中でツッコんでいると、冬吾とくるみの視線が交わった。

くるみの笑顔が固まる。しかし、くるみは次の瞬間、何事もなかったかのようにこのみの隣に座った。

確認するまでもない。自分が連休中に出会った女の子は、こっちの半袖パーカーにショートパンツの女の子。鍵が鍵穴に合うように、数学の解がだいたい0か1のように、正しい解なんてわりとシンプルなのだ。

そういえば、あのとき「まわりにBouquetめっちゃ好きなやつがいる」と言っていた。そりゃ、双子の妹が好きなら影響も受けるだろう。あと高等教育機関に在籍だから「学生」で合ってたんだな……ってどうでもいいんだけど。

「くるみ、遅かったなぁ。もうちょっと早く来るって言うてなかった？」

「豚まん買ってて。夏休みやろ、あっちでもなんかえらい並んどって。あ、二人に渡したほうがええな。このみはまた今度な」

（こっち見ろや）

くるみは明らかに向かい……というか自分を見ることを避けている。話し方も早口で一方的だ。

豚まんの箱がずいっと差し出される。やはり、裕翔の方を向いている。

「箱一個やけど、四つ入っとるからうまいことお二人で分けて食べてください。蒸し方は、箱に書いてありますんで」

「おー、俺これ好き！　でも正直いま渡されても困る！」

（それはそう）

しっかりとした保冷バッグに入っているとはいえ、今は真夏だ。何時間持つかわからない。しかし、初対面の子に言う感想でもないと思うが。

率直すぎる裕翔の言葉にも、くるみは気を悪くした風でもなく「たしかに！」「どっかで温められませんかね？」などと返している。案外、この二人は気が合うのかもしれない。

（……へぇ――）

裕翔とくるみが勝手に話を続けそうだったところを、このみが仕切り直すようにとりなした。

「ええと、この前のイベントでお会いした滝沢冬吾さんと、そのお友達の田中裕翔さん」

「はじめまして！　田中です！　勝手にくっついてきちゃいました！」と裕翔は元気に言い、冬吾は静かに「どうも……」とだけ返した。

くるみの反応は明るく、「はじめまして」と愛想よく返事をしたが、どこかぎこちなく感じた。

落ち着け、落ち着け。この反応だとくるみの方も予想外だったはず。一旦ここは何事もなかったフリで――

「（……どうした？）」

裕翔が小声で尋ねてきた。既にテンパっているのがバレている。さすが親友、って感心してる場合じゃない。

「（いや、双子って本当にいるんだなって）」

「(そりゃいるだろ。だいたい1%の確率で産まれるっていうだろ)」

裕翔が呆れ気味に言い放つ。

確率的にはそうだろう。だが今までたまたま同級生に双生児がいたことがなく(他の学年にはいた)、勝手にもっと珍しい存在だと思っていた。これも思考バイアスの一種だ。

恐る恐る視線を上げると、姉妹は仲良くメニュー表を覗き込んで、「何にしよっか」などと話し合っていた。

「ソルロンタン美味しそうやな。でも、一人で食べ切れるかなぁ」

迷いに迷っているこのみに、くるみが助け舟を出す。

「そしたら、分けて食べよ。うちも辛いの苦手やからな」

そうだったっけ、と思い返す。確か以前、中華料理店で唐辛子のしこたま入った料理を平気で口にしていたような。

「激辛麻婆《マーボー》いってたじゃん」

呟いた瞬間、テーブルの下で斜向《はすむ》かいから蹴っ飛ばされ、右脚のすねに一撃を食らった。

……しばらく自分は、何も言わない方がいいかもしれない。

スカイツリー天望デッキへのエレベーターは、時間を縫うように上昇していった。

目の前では、くるみとこのみが興奮気味に話している。

「なぁ、このみ、あべのハルカスとどっちが高いんやろ」

「さすがにこっちのほうが高いと思うで。あっちはビルやん」

「でもハルカスは外に出れるやろ。この前ぐるっと一周したけど、めっちゃ怖かったわ」

天望デッキに着くと、一面のガラス窓から広がる東京の風景が、彼らを出迎えた。ビルも民家も道路も何もかもが小さく、目をこらせばどこまでも遠い山並みまで見渡せた。

それぞれが非日常を楽しむ中、冬吾は比較的客の少ない場所で壁に寄りかかり、一息ついた。

（……ちょっと、キャパオーバーなんだけど）

初デートの緊張と、探し人との偶然の再会と、二人が姉妹――それも双子だったという事実を、まだうまく整理できない。

このみと「あのときの女の子」が双子の可能性を一度も考えなかったわけではない。

他人にしてはあまりにも似すぎていた。でもライブ終わりのときはバタバタしていたし、DMでは他の質問もはぐらかされていたから、確認できる雰囲気ではなかった。

自分は、どうしたら——考えあぐねていると、横から声をかけられた。

「滝沢さんのご実家はどの辺なんですか？」

振り向くと、このみがすぐそばに立っていた。

「えっと、松戸《まつど》っていって、千葉の西の方です。ここからだと、荒川《あらかわ》と江戸川《えどがわ》はさんですぐなんですけど……」

冬吾は慌てて取り繕い、あのへんかな、と日差しに烟《けむ》る住宅街の先を指差す。

「千葉ってそんなに近いんですか？　見えます？」

「うち、神社の隣の十三階建てのマンションなんで……でも、見えませんね。あ、松戸って葛飾《かつしか》区の隣で、あの、『男はつらいよ』でリリーが最初にお嫁に行ったところです」

「え？」

このみがぽかんと冬吾を見上げる。

（あ、またトンチンカンなこと言った？）

冬吾は頭を抱えたくなった。でも『男はつらいよ』はいまでもBSとかでよく再放送してるし、ワンチャン食いつくかと思ったんだけど……。

苦し紛れに話題を変える。

「え、と、あの、大学は安芸大《あき》っつって、広島にあるんだけど」

「広島ですか。Bouquetの三人の出身地ですね」

「そう、そうなんだ。で、Bouquetの曲なら何が好きですか?」

このみの表情が突如として明るくなった。

「そうですね。一番好きなのは『Younger Boyfriend』ですけど、『1st spring』とかも好きですし、『Trap』なんかもノリが良くてお気に入りです」

いま挙がった三曲は、シングルカットされ、ファン以外にも広く知られている大ヒット曲だ。

なんだろう。ライブに足を運んでグッズも買い込む熱心なファンにしては――

「ベタですね」

このみの表情が一瞬で固まり、心にとどめたはずの言葉が外に出ていたことに気づいた。

(あああ、またやっちゃった……!)

昔からよく空気が読めないと言われていた。でも自分でもよくわからないのだ。

とにかく俺、くっそ感じ悪い! 「王道ですね」とか「僕も好きです」とか他にいくらでも言い様があるだろ! もういっそこの世から登録抹消してくれ……!!

テンパって何も言えないでいると、突然このみがおかしそうに笑った。

「ベタなのはわかってますよー。でも好きなんですよ。ライブでも盛り上がるし、あと最初の方にハマった曲だから思い入れが強いんです」

（あ、よかった）

柔らかな笑顔にドキッとする。反応も素直でかわいいし、スルー能力も高い。これならもう少し同じ話題を引っ張っても大丈夫そうだ。

「それじゃ、『Tender Devil』とかも好き？」

先ほどの三曲と同程度のヒット曲を挙げると、このみはますます相好を崩した。

「もちろんです。バレバレで恥ずかしいかも。滝沢さんはどの曲がお好きですか？」

「んー……『Wings』かな。歌詞が好きで」

「あ、いいですよね。ヘコんでるときに聴くと泣いちゃいそうな」

このみの返答に、冬吾は軽く笑った。媚《こ》びも衒《てら》いもなく、ごく自然に頬が動いた。

「そういえば、お姉さんは？」

「くるみですか？　先に上の天望回廊に行ってるんじゃないですかね。高いところが好きなんで」

天望回廊は今の場所のさらに100m上にある。冬吾はなるほど、と思いつつこのみを誘った。

「それじゃ、僕たちも行こうか」

☆

天望回廊に着くと、さらに視界が広がる。このみは「わぁ……！」と目を輝かせたが、すぐに足を止めた。

「すごいですね……。あの、滝沢さん、ちょっと先に見に行ってもらってもいいですか？」

「え？　どうかした？」

「写真を撮りたいだけなんです。ゆっくり撮りたいので、気にせず進んでください」

このみはスマホを手に、自然な笑みを浮かべた。

「そうなんだ。後で合流するから、無理しないでね」

そう言い置いて、冬吾は視界の外へと歩き出した。ふと振り返ると、このみは立ち止まったまま、ゆっくりとスマホを構えていた。

渦巻き状の回廊を急ぎながら上ると、半周ほどしたところで、窓際の段差に肘を突いてぼーっと外を見ている人がいた。

このみと同じ顔だけど、髪が短めで動きやすそうな格好をした女の子。

「名前、くるみっていうんだね」

背後から声をかけると、くるみは冬吾を振り仰いだ。

「僕のこと、覚えてるよね。五月に港で海に落ちたやつ」

ちょっと眠たげな目が自分を捉える。心拍数が急に上がった。

(本当に、また会えたんだ)

妙な自己紹介をしつつ噛みしめる。予想外のタイミングだったから混乱のほうが先に立ったけれど、先ほど彼女の声を聞いたときは嬉しすぎて死ぬかと思った。あの日からずっと、もう一度だけでも会いたいと願っていた。

くるみの視線がすっと外された。

「……なんのことですか」

「え?」

想定外の反応に、思わず怪訝な声が出た。

でもあのときの子=くるみで間違いはない。顔と声だけじゃなく、喋り方も服の系統も、さっきちらっと見えたスマホも、あのとき「安《や》っすいの」と言っていたものと同じだった。

「あの、俺、君をずっと捜してたんだ。自分は無事に家まで送ってもらったけど、ちゃんと君も家に帰れたかなって。海にずっと潜ってたから、体も壊してないか心配

　大阪から広島まで送ってくれたおじさんには、教えてもらった住所宛に御礼状と広島の定番土産《みやげ》を送った。特に返事もなく、「一緒にいた女の子」についての消息もわからないままだった。

「さっき、君も俺のこと見てびっくりしてたじゃん。気づいてたよ」

　くるみは黙ったままだ。

「まさかさすがに忘れてないよね。結構インパクトある出来事だったし、一緒にホテルも泊まったし」

「……なんやねんそれ」

　彼女の声が、急に低くなった。

　表情も険しくなり、冬吾の脳裏に警告音が鳴った。彼女の真意が読めないまま、びくっと体を強張《こわば》らせる。

「昔のことなんてどうでもええやろ。それよりなぁ、このみはあんたと会うことめっちゃ楽しみにしてたんやで？　わかってるん？」

「わかってる、けど」

「そしたらこんなところで話してないで、とっととこのみのところに戻りぃ！　それと、あの子が知ったらショック受けるようなこと、言ったら絶対アカンからな！」

その言葉を最後に、くるみは冬吾を置いて順路の先へと行ってしまった。冬吾はしばしその場に留《とど》まるしかできなかった。

（なんか……、思ってたのと違う）

ごん、と壁に頭をぶつける。コンクリートの硬さが頭蓋に響いた。

また会えてよかった。自分はそう思っているのに、彼女は違うらしい。現在の心情に大きな温度差がある。差の分だけ、一瞬でも浮かれていた自分が情けなくなる。

それなら、あのとき見せた笑顔や優しさはなんだったんだろう。自分にとっては、決してどうでもいいなんて切り捨てられるものではないのに——

（よくわかんねぇ）

女心って複雑怪奇だ。いや、同性の思考もたいがい謎だけど。とにかく、そっち《くるみ》がその気なら、こっち《自分》にだってプライドがある。以前、くるみ・このみに似た子と出会ったが、全くの別人で、ひょっとすると人外だった。それでいいではないか。

「あ、やっと追いつきました」

背中をつつかれ我に返ると、このみににこやかに笑いかけられた。どれくらい呆《ほう》けていたのだろう。慌てて取り繕って「ああ」と答える。

「あの、さっきくるみから、こんなんが来たんですけど……」

このみがスマホの画面を顔の高さに掲げた。

【田中さんの大学、高専からの編入生多いんやって。うちも編入考えてるし、いろいろ話聞きたいから、ここからは別行動でええ？】

「そしたら、私たちもこのあと違うところ行きましょうか？」

☆

展望台で空からの景色を十二分に堪能《たんのう》したくるみは、双子の妹と滝沢を残し、田中裕翔とともに先に地上へと降りた。

そして、下町風情残る街の片隅でくるみと裕翔は肩を並べて座っている……のだが、

「君さぁ、別に俺についてこなくてもよかったんじゃね？　一人でカフェ入ったり服買いに行ったり、したいことといっぱいあるでしょ」

「うちの座右の銘『何事も経験』なんで。一回行ってみたかったからちょうどよかったです」

しれっと言い張るくるみに、裕翔が半ば呆れたように呟く。

「それにしても、わざわざ東京来てパチンコってのもねぇ……」

パチンコ屋の騒がしい音楽と、激しく点滅する機械の光に囲まれながら、くるみは聞こえないふりをした。

もちろん「大学の話」云々《うんぬん》はこのみたちを二人きりにするための方便である。一応、あまり遠くない場所でこのみを待っているつもりだが、長距離の移動や想定外のハプニング、それを周囲に悟られないための画策などで気疲れしてしまった。そこに裕翔が「それじゃ俺、パチでも行こうかな」と言ったので便乗させてもらったのだ。

裕翔はハンドルから手を離さずに言った。

「あれだよねぇ、君たち結構タイプがちがうよね」

「よく言われます。顔はそっくりなのに中身は正反対やな、って」

中学卒業後すぐに親元を離れたくるみと違い、このみは高校まで実家で暮らし、中高と私学の女子校に通い、今も女子大に在籍中で、同年代の異性と接する機会が極端に少ない。

そんなこのみが「Bouquetファンの滝沢くん」とデートすることになり、「二人っきりは怖いやん」とそばに居るよう頼まれた。

『もちろんええよ。このみの好きな男、うちも見てみたいし。ついでに何日か東京観光して帰るわ』

そうして、本来は隠れてデートを見張っているはずだったが、相手方の友達が現れたため、急遽《きゅうきょ》自分も合流することとなった。

まさか、「滝沢くん」があの人だとは、ここに来るまで思いもしなかったけど……。

裕翔が「俺らも似たようなもんか」と頷いた。

「あいつ……冬吾はさ、今はあんなんだけど、昔はほんとにモサくて内気でボーッとしてて。家も厳しいし、コミュ障っぽいところもあったから、将来大丈夫かなって心配してたんだよね」

二人は中高の同級生で、裕翔は都下にある国立大学の農学部生、滝沢は違う大学の医学部生だとここに来る道中で聞いた。滝沢に対する遠慮のない評価に、二人の深い関係性がうかがえる。

「そんな感じじゃやったんですか。まぁ、なんとなく天然っぽい人やなって思いましたけど……」

「わかる？　ここだけの話、あいつの中学校時代のあだ名、『窓』だからね」

「窓？　なんでですか？」

聞き間違いの可能性もあるかと尋ね返すと、裕翔が平然と答えた。

「よく社会の窓が開いてたんだよ。俺は気づいたら教えてあげてたけど、それでも開いてるときが結構多くて。なんていうか、注意力散漫なんだよな」

それは、笑っていいのかどうか迷う。デリケートな問題は掘り下げないのが一番だ。

「中学生にしてはエスプリ効いてるやん」

「な、今となっちゃ笑い話だけど、ガキって残酷だよな」

残酷――もいいところだ。笑われた方としては、傷は治ったとしても痕は一生残る。あまり想像したくないけど。

くるみは一旦席を外すと、自販機で缶コーヒーを二本購入し、店内を一周してから裕翔の隣に戻った。

「適当に買ってきました。どうぞ」

「お、サンキュー。気が利くねぇ」

裕翔は差し出された缶を受け取ると、三口ほど飲んでから言った。

「――くるみちゃん、君、モテるでしょ」

「え、なんですか急に」

尋ねても裕翔は台の方を凝視したままで、質問の意図がまるでわからなかった。ならば無難に「ありがとうございます」で終わらせよう――としたとき、裕翔が付け加えた。

「でもさあ、結構それで嫌な思いとかしてそう」

くるみの笑顔はぴき、と引きつった。裕翔は淡々と続ける。

「君んとこの学校って、女子が極端に少なくて、食堂のオバちゃんにもドキッとしたりするぐらい、男子たちはトキメキに飢えてるっていうじゃない」

　周りの編入者に聞いたのだろうか。学校内の描写はかなり芯を食っている。

「そんで男子の中にも序列みたいのができるよね。陽キャと陰キャ、頭いい奴とバカ、イケメンと雑魚《ざこ》、実家太いやつとそうでもないやつ。同性間のヒエラルキーで『イジられキャラ』として定着したやつは、自尊心すり減らしながら学校生活を送っていくしかなくなる」

　ハンドルを握る手がじわじわと汗ばんでくる。反対に喉は渇いてきた。

「そこに君が現れる。明るくて可愛いみんなのアイドル。そんな君がその子を一人の人間として扱ってくれる。もちろん君は他のヒトと同じ態度でいるだけのつもりなんだけど。

　君にもちょっと迂闊なところがあって、弱みを見せたり他の人の悪口とかをついその子の前で言ったりしちゃう。そうすると、その子は『この子が気を許してくれるのは僕だけ！』とか勘違いしちゃう。同性へのコンプレックスと異性への欲望でガチガチになった彼は、思い余って君に気持ちを打ち明ける。

　答えはもちろん『ごめんなさい』なんだけど、現実を認められない彼は、どうにかして軌道修正しようと君につきまとうようになる。そして、君の頑《かたく》なな態度に彼はようやく目覚め、絶望する。そして彼は現実を呪うようになる。『こんなもん、全部ぶっ壊してしまえ』と、とんでもない事件を起こすのだった……」

体が震える寸前だった。裕翔はあることないことを適当に言ってるだけだろう。

でもなんで、なんでそんなに――

裕翔はくるみの方を見てニヤッと笑った。

「なーんてね」

くるみは気取られないように深呼吸してから、顔の筋肉を総動させて笑った。

「……すごいですね。聞き入っちゃいました。田中さん、想像力エグないですか？」

「俺たちも男子校だったからね。まるっきりの絵空事でもないと思うんだけど、どう？」

「そんな、うちはそこまでモテませんて。田中さんこそ、喋りオモロいし女の子がほっとかんでしょ」

「明らかなお世辞やめてくれる？　……っておい、リーチかかってんじゃねえか！」

「え、なんですか？」

裕翔はくるみの座る台を指差して叫んだ。

「ほら見ろって！　いま画面が泡だらけになったろ？　それに、このサンゴちゃん！　これ出たらほぼ当たりだって！　いや、これは間違いなく来るぞ！」

突然スイッチが入ったように裕翔が興奮しだし、くるみはぽかんとするばかりだ。

次の瞬間、台が激しく光り、液晶画面のキャラクターが一斉に踊りだす。光と音の洪水にくらくらしていると、パチンコ玉が滝のように流れ出した。

「え、うち、当たったん？　これ……なんか、すごいけど」

「当たり前だろ！　しかもまだ連チャンありだぞ！　ほら、ハンドル、ちょっと弱めに回してみろ！」

裕翔の熱に当てられて、くるみは慎重にハンドルを捻る。

すると、またしてもキラキラと派手な演出、テンションの高い効果音と共に、画面を魚群が駆け抜けていった。

「……これ、なんかクセになりそうやな」

ぽつりと漏らした言葉に、裕翔が勢いよく頷く。

「そうだろ⁉　この一瞬のためにみんな打ってんだよ！　よーし、次も頼むぞ！」

止まることなく流れ続ける玉と、心を高揚させる演出に、「もう一回」が何度も繰り返される。――そうしているうちに、時計の針がどこまでも早く進んでいった。

「お姉さん、遅いね」

「そうですね。さっきJRの駅に向かってるって連絡来ましたけど……」

ちらりと横顔を窺《うかが》うと、隣のこのみは、少し疲れた面持ちでスマホを操作していた。

（もしかして、怒ってるのかな……）

裕翔らと別れたあと、冬吾とこのみは映画を観に行くことにした。選んだのは、実在の人物をモデルにしたミュージカル仕立ての洋画。このみが言うには、観た人の評判はどれも悪くないらしい。

興味がないわけじゃないけど、宵っ張りの冬吾にとって昼下がりから夕方の時間はちょうど覚醒が弱まる時間帯だ。英語のセリフは意外なほど心地よく、開始三十分で寝落ちした。

目を覚ました時、スクリーンはすでにエンドロール。このみが隣で微笑んでいた。

『お疲れなんだからしょうがないですよね』

彼女は優しく声をかけてくれたが、それから動きも緩慢で、なんとなく元気がない。

映画のあとはカフェで軽食を摂ったが、その間も当初のようには話は弾まず。

（『初デートで寝る男ってどう思いますか』『最低だと思います』って知恵袋でベストアンサーに選ばれるやつじゃん）

（でも昨日も、休み明けに生理学のテストがあるから勉強してたんです。覚えることがクッソ多くて大変なんです。決してつまんなかったとか、君のチョイスが悪かったわけじゃないんです……！）

しかし訊かれてもいないことをベラベラ並べ立てるわけにもいかない。単に彼女も疲れただけかもしれない。時間も遅くなったし、今日のところはお開きにすることにした。

快速線ホームでくるみを待っている間も、冬吾とこのみを取り巻く空気は固かった。

「あの、今日はどうでしたか？」

「どうって……、君はどうだった？」

答えにくい質問をされたときは、質問の意味を聞いたり相手の場合を尋ねると大事故になりにくい。最近知ったテクニックだ。

このみは幅のある二重まぶたを物憂げに伏せた。

「私は……、すごく楽しかったです。でも、滝沢さんはお疲れなのに、無理やりつき合わせちゃったかな、って。そしたら、自分ばっかり楽しんでるのが申し訳なくて」

怒っていたわけではないらしい。それを聞いて安心した。

「そんな、気にしなくていいよ。君が楽しいっていうのが嬉しいし。その、今日は、君たちに会えてよかったよ」

無愛想にならないように、笑い顔を作って言った。上手に笑えていたかは判《わか》らない。

このみが口を引き結んだ。何か言いたげな表情だ。だがそのとき自分の背後に気になるものを見つけたらしく、このみは弾かれたように手を振った。振り向くと少し髪の乱れたくるみがすぐ近くに来ていた。

「すみませんねぇ、こんな遅くまで」

くるみは苦い顔をしつつ軽く頭を下げた。

「あ、いや、大丈夫だけど。裕翔は？」

「ちょっと前に帰りました。なんでも、明日朝早いとかで」

姉の登場に、場が一気に緩和した。と、同時にくるみが大きなリュック以外の荷物を持っていないことに気づいた。

「豚まんは？」

どうでもいいだろうが気になる。美味しいと有名な豚まん。まだ食べた経験がなかったので密かに楽しみにしていたのだ。

「あ、すんません。レンジであったためて田中さんと食べちゃいました。保冷剤が溶けてたんで」

「電子レンジなんてその辺にある？」

まさかまた、どこぞで「御休憩」を……。

冬吾の考えを読みとったのか、くるみはかすかにムッとした様子で答えた。

「コンビニの二階がまるっとイートインスペースになってるところがあって、そこで電子レンジ使わせてもらいました。ちゃんとそこの商品も買ったよ」

全く悪びれないくるみを、このみが諌《いさ》める。

「でも、滝沢さんにも食べてもらいたかったわ」

「また買ってったらええやん。今度はこのみが」

「え……、そんな、そこまでしなくても」

遠慮をしただけのに、くるみが軽くこちらを睨《にら》んだ。二人でいたときよりも当たりがキツいのはなんでなんだろう。

逆方向の電車が到着し、ホームは一瞬にして人で溢れ返った。くるみが素直な感想を漏らす。

「やっぱ東京は人が多いなぁ。毎日お祭り騒ぎって感じや」

「そうだね。最近はインバウンドも増えてるし、そのせいかもね」

ほんとやなぁ、とくるみが答える。オフィスカジュアルの勤め人たちに交じって、大きな荷物を背負った顔立ちの異なる人々が目に付く。

会社帰りの人と違って、どこかハイテンションで楽しそうだ。その分、マナーが悪い人も一部に存在するのだけど……。

「特急列車が通過します」のアナウンスの中、明らかに酔っぱらった男が、ホームの先頭に立つくるみの肩をかすめて歩いていった。

「何すんねん、あっぶな」

くるみが男を振り向いてその背中に悪態をつく。冬吾は「こっち来なよ」とくるみの手を引いた。

再びこのみが苦言を呈する。

「くるみ、ここ地元とちゃうねんで。人も多いしもっと気ぃつけなあかんよ」

おっとりしているこのみだが、くるみには結構はっきり言うんだな、と思った。

そのときだ。

(えっ――)

外国語を喋る一団が冬吾たちの真後ろを通り、押し出されたのかこのみの上半身がぐらりと揺れた。

このみは右の膝を折って体重をかけた。が、踏ん張れなかったのか、右側に大きく倒れこんだ。

その先は何もない。このみの体が舞うように線路に落ちていく。

「うっ……」

このみが右半身を打ち付けながら線路に転落した。周りの客の短い悲鳴が聞こえた。

注意喚起のアナウンスが響く。特急列車の通過まですでに秒読みだ。

だが、このみは枕木の上で、ぎこちなく身を這わせるばかりだった。苦痛で息を詰めているのが、遠目にもわかった。

「このみ！　今いく！」

くるみが叫び声を上げるも、冬吾が彼女を引き留めた。

「このみちゃん、ホームの下のすき間に逃げて!!」

乗客たちがざわつく中、冬吾は大声で指示した。電車が近づいてきたら焦ってよじ登ろうとしてはいけない。大抵の駅には退避スペースという緊急避難用のくぼみが設置されていて、電車が通り過ぎるまでそこに隠れれば衝突は防げる。

だがくるみは血相を変えて冬吾を振り返った。

「あの子、脚悪いんよ！　一緒にいて気づかんかったん!?」

「え、そうなの？」

言われてみれば歩くのがゆっくりだったし、よく休憩を取っていた。

冬吾の制止を振り切り、くるみがもう一度ホームの黄色線を踏み越えた。振り返ると向かってくる電車のヘッドライトが見えた。ここに来るまであと数秒だ。

（ダメだ……！）

冬吾はくるみの体を押しのけ、入れ替わるようにホームの端に立つ。そのまま大きくジャンプした。

着地した砂利《じゃり》の上は不安定だったが、冬吾は何とか体勢を保ちながら、このみの近くに踏ん張った。

「このみちゃん」

恐怖と驚きに目が見開いている。冬吾はこのみの胴体に腕を回した。

警笛の音が耳をつんざく。

電車のライトが眩しく照らし出す中、彼の心臓は恐怖で高鳴り、呼吸が乱れた。しかしすぐに気持ちを切り替え、このみを抱えてホームの下へ転がり込んだ。その瞬間、轟音《ごうおん》がすぐ側《そば》を走り抜ける。

(たす……かった――)

汗がどっと溢れ出す。動悸《どうき》もまだ治まらない。

冬吾は腕の中のこのみを確認した。手足からの大きな出血はないし、顔などにも擦り傷はない。電車との接触は免れたようだ。

「大丈夫?」

冬吾にしがみついたまま、このみはかすかに頷いた。

「だいじょぶ……です……」

(怖かったのかな)

そりゃそうだ。自分だってあと二秒遅かったら死んでいたかもしれない。思い返すだけでゾッとする。

　しかし、この状況——薄着の女の子とわりとしっかり密着している。細い胴体も上腕も汗ばんでいるのに甘く香る体臭も、悲しいかな体が反応してしまいそうになる。

「ちょっと、待っててね」

　気づかれる前に、このみの背中を撫《な》でてから一旦ひとりで線路に出た。

　ホームを見上げると、ざわめきが止まない乗客の中、最前列で顔を両手で隠し、しゃがみ込んでいる女の子がいた。

　砂利の感触を振り払うように、腕を引き上げてホームに這い上がった。女の子の隣に腰を下ろすと、乱れた息を整える。

「このみちゃんは、無事だよ」

　冬吾が語りかけると、くるみがようやく顔を上げた。

「……ほんまに、よかった……」

　次の瞬間、彼女の目から涙がぽろりと零《こぼ》れ落ちた。

　明るくて、タフな印象のくるみが見せた初めての表情。胸が詰まり、動揺が走った。

「このみが落ちたんは、うちのせいや……。あの子、事故以来、脚が悪いのに。それ、わかってたのに、うちが守れんかった……」

　くるみの声も背中も震えていた。冬吾は思わず肩に手を置く。

「た、助かったんだし、気にすることないよ」

「ちゃう！　そもそも事故に遭ったんやって、うちのせいやし」

（どういうこと？）

何があったのだろう。尋ねたいが、今必要なのは、過去を掘り下げることじゃない。

「大丈夫」

彼女の気持ちは完全には理解できない。それでも、今日守られた命があることを伝えたかった。

「……じゃないかもしれないけど、今回は、俺が守ったよ」

弾かれたようにくるみが顔を上げた。潤んだ瞳が冬吾を捉え、音もなく唇が動いた。

「にいちゃん」――そう自分を呼んだ。

「こちら、引き上げます！」

ひときわよく通る声が響く。冬吾とくるみが振り返ると、駅員に支えられながら、このみがホームに引き上げられたところだった。

「このみ！」

くるみが駆け寄り、このみの腕を取る。

「大丈夫なん？　どっか痛ない？」

「正直、膝も腰もかなり打ったみたいやわ。まだちょっとジンジンしとる。でも、生きてるで」

　このみは小さく笑い、すがりつくくるみの後頭部を撫でた。そして視線をこちらに向ける。

「滝沢さん、本当にすみませんでした。落ちたときは生きた心地がしませんでした」

「いや、あの、お姉さん行こうとしてたけど、女の子の力じゃホームの下まで引きずれたかわからないし、脱力した人間って思ったより重いし、足とか手とか、かすっただけでも持ってかれるから、そう思ったら僕が行くしかないかなって……」

　照れくささを誤魔化すように言葉を繋いだが、途中で自分が何を言いたいのかもわからなくなり、恥ずかしさが込み上げた。

　駅員がこちらに近づいてくる。

「お怪我《けが》はございませんか？　必要であれば医療機関をご案内しますので、よろしければ、一度駅事務室でお話を伺えますか？」

　駅の事務室……鉄オタ的に入ってみたい場所だ。

　が、「それ、時間かかります？」と尋ねるくるみの声で我に返った。

（……いま、何時？）

　片手で尻ポケットからスマホを取り出し確認すると、時刻よりも早く、「滝沢春香」からの通知が目に入った。

『冬くん、まだ裕ちゃんと一緒？　夕食食べてくるんだっけ？』

（……マズい！）

目の前の出来事に集中しすぎて、必要な連絡や予定をすっかり忘れてしまう——これが自分の本当に良くないところだ。

何度経験しても直らない。学習能力ゼロか。とにかく一刻も早く帰らないと。

反対側のホームに快速電車が到着する。何パターンか帰り道は存在するが、次の次の市川《いちかわ》で降りて、バスに乗るのが家までの最短ルートだ。

「あっ、あのっ、もう俺いくね！　お姉さんついてるから、大丈夫だよね？」

「え？」

急に慌てだした冬吾を、くるみ・このみと駅員が怪訝な目つきで振り返る。

「あ、えっと、俺は全然怪我とかしてないんで！　落ちたときの様子はカメラで確認してください！」

「はあ……」

「じゃ、よろしく！」

それだけ言い残すと、冬吾は閉まる寸前のドアの中へと身を滑り込ませた。

（大丈夫かな……）

玄関の鍵を回す手が震える。遅刻した小学生のような後ろめたさを抱えながら、できるだけ物音を立てないように扉を開けた。

冬吾の耳に、リビングから漏れる母親の声が聞こえてきた。

「ええ、まだ帰ってこないんですよ。相変わらず、ですよ」

誰かと電話しているらしい。普段より少し高めの声で気取っているのがわかる。お茶会仲間か、それとも昔の職場の知り合いだろうか。こういう時の母親の声は、妙に張りがある。

「いえいえ、そんな。全然モテないですよ。ただ、少し心配で……あの子、昔から勉強はできるけど、全然頼りなくて」

冬吾は息を詰めた。スニーカーを脱ごうとした手が止まる。

（俺のこと、言ってる）

「そうなんです。最近はネットで出会う子とか多いみたいですけど……せっかく医学部に入ったのに、そういうので変な子と知り合ったら心配で。できれば実家から近い子がいいんですけど、広島なんて遠すぎて……」

まだ見ぬ誰かへの不安を並べ立てる声が続いて、こめかみの汗が耳の穴を伝う。

「わかります。やっぱり女の子は頭の良さよりも、可愛げがあって、控えめな子がいいですよね。そういう普通のお嬢さんが、冬吾にもぴったりだと思うんですけど」

勝手なことばかりの言い分に心底うんざりした。これ以上は聞いていられない。

こっそり廊下を通り過ぎようとした時、スマホがポケットから滑り落ちた。

ガタッという音が、廊下を伝って家中に響く。漏れ聞こえる声が急に慌ただしくなる。

「あら？　すみません、うちの子が帰ってきたみたいで。はい、はい。そうですね。また今度ゆっくり。お休みなさい」

リビングの明かりだけが残る家の中で、スリッパを履いた足音が近づいてきた。

「おかえり。遅かったわね」

さっきまでの高めの声が、まだ尾を引いている。

「ただいま……。今、誰と話してたの？」

尋ねながら、自分の声が不自然に平坦《へいたん》なのを感じた。知りたくない答えを、形だけ求めている。

「ああ、昔の職場の知り合い。懐かしくて話が弾んじゃって。こんな時間に申し訳ないわよね」

誤魔化すように笑う母親は、そのまま台所へと向かった。白々しい照明に照らされる後ろ姿が、得体の知れない影を引きずっていた。

「お腹《なか》すいてるでしょう？　サッと何か作るわね」

「ごめん……疲れてるから、今日はいいや」

エプロンに手をかけかけた母親の動きが止まる。「あら」という声が背中に届くのを無視して、冬吾は自室へと向かった。

今夜は母親と、普段通りの会話を交わせる自信がなかった。自分の気持ちに、まだ整理がついていない。

自室で一人になっても、母親の電話での話が頭の中でぐるぐると回り続ける。

〝普通のお嬢さん〟。なんて、薄っぺらい響き。普通じゃなくて何が悪いんだろう。

生活に制限を抱えつつ芯のあるこのみと、明るく快活な高専生のくるみ。おそらく二人共、母親の古い価値観では理解のできない存在だ。

まだ出会ったばかりなのに、もしもの未来を考えて悩むなんて馬鹿らしいし、勝手な暴走が過ぎる。母の意見もただの希望で、自分に聞かれているとすら思っていない。けれど胸の中で渦巻く苛立ちは消えない。このまま誰にも相談できなければ、重苦しさを抱えたままになりそうで。

迷える自分を導いてくれるのは――、多分、この人だ。

【105：先輩、夏休みですね！　東京とかに来てたりしません？　折り入っての相談があるんですけど】
【02：なんでわかったん？　ちょうど一週間ぐらいおる予定。時間が会えばええよ】
【105：それならアフタヌーンティー行きましょう！　めっちゃおしゃれですよ！】
【02：行く。いつ空いとる？】

☆

「先輩、待ってました！」

冬吾が立ち上がって手を挙げると、夏らしい麻素材のシャツにテーパードパンツの男性がそれに応じた。

大義そうに息をついて、冬吾の斜め前の席に腰を下ろす。氷の入ったキンキンに冷えた水を飲み干すと、初老のウェイターが「お揃《そろ》いになりましたので、始めてよろしいでしょうか」と慇懃《いんぎん》な口調で告げてきた。

ウェイターが一礼すると、ほどなくして三段のケーキスタンドが運ばれてきた。

「食後にはフルーツティーとともに、桃のシャーベットもお楽しみいただけます。お好きな順番でお楽しみくださいませ」

ウェイターが二人の前に紅茶ポットをそっと置く。金色の口線加工が施されたティーカップが並んだ。

「これ……全部、食べてええんよな？」

「もちろんです。よければ、僕の分もどうぞ」

柏原は目を輝かせながら、最上段の金箔《きんぱく》が散らされたチョコレートムースに手を伸ばした。

「おお、これ、思った以上に凝っとるわ。こりゃ食べるんがもったいないな」

言葉とは裏腹に、柏原は勢いよくフォークを差し入れた。「うまい」ととろけるような笑みが浮かぶ。

今回、「先輩」こと柏原玲二《れいじ》を呼び出した場所は、外資系ホテルのラウンジだ。

「で、肝心の相談じゃけど……」

「はい」

「こっちに学部の友達とかおらんの？　君、可愛げあるし喋りやすいけ。環境近い友達のほうが事情とか気持ちとかようわかってくれるんじゃないん？」

痛いところを突かれ、冬吾は正直に答えるしかなかった。

「そんなのできそうな気がするんです」

「いるにはいます。……けど、あの子たちはスマートすぎるっていうか、『そんなのできたら苦労しないよ！』っていうようなレベル高いアドバイスしかくれない気がして。柏原さんの意見なら説得力あるっていうか、現実的で俺にでもできそうな気がするんです」

「ちょいちょい失礼なこと言いよるよなぁ……。まあええけど。何があったん？」

　確かに、柏原に個人的な相談を持ちかけるのは奇妙ではある。

　同じ大学だけど、学部は違うし、柏原は広島の備後《びんご》地方出身で、冬吾とは出身地もサークルもバラバラ、唯一共通の知人が存在するものの——通常だったらあまり親しくなる関係性ではない。

　とはいえ、柏原は気さくで聞き上手で、知り合った当初より話しやすい人だと感じていた。服で足の短さをごまかしているのも、自分と似ていて親近感しかない。

　あと単純に、同じ学科の友達には「また滝沢がおかしなことやってる」と思われそうで相談しにくい。その点、程よい距離感といい意味で普通の思考の柏原は、悩みを打ち明けるのにうってつけだった。

　冬吾は五月の連休中の出来事から話した。

　途中でたびたび脱線しかけたが、その都度柏原に「山陽《さんよう》自動車道のルートなら知っとる」「ライブの感想はあとで聞くけぇ」とたしなめられた。

長い話を聞き終えた柏原は、二杯目のマンゴーアイスティーを音もなく啜《すす》ってから呆然《ぼうぜん》とした表情で切り出した。

「ええと、まとめると、旅先で女の子と出会ってモメて仲直りしたけど名前も聞けんまま別れて、ライブでその子にそっくりな子と会うたと思ったら別人で、別人の子となんとなくいい雰囲気になったところで、二人が実は双子じゃったたっちゅうオチ？」

「オチてませんけど……まあそういうことです」

「どっから盛っとる？」

「ひどいですよ！　柏原さんならそういうイジりしないと思って相談したのに……」

「すまんすまん。あんまり面白い話じゃったけぇ、つい……」

柏原が笑ったまま手を合わせる。

気持ちはわからなくもない。自分だって、他人から今のような話を聞かされたら「嘘だろ」「ていうか途中で双子じゃないかって気づけよ」と呆れていただろう。だけど、嘘みたいな事実が自分の身の上に降ってきてしまったのだ。大抵の悩みには前例があるけど、今回のケースはレアすぎる。

「そんで、君はどっちが気になるん？」

柏原の単刀直入な質問に、冬吾は答えを濁した。彼女たちと別れてから、自分でもずっと考えている。

「まだちょっと、答えだせなくて……」

「そりゃそうか。まだどっちとも会《お》うたばっかりやもんね。しばらく実家におるんじゃろ？　夏休み中にまた顔合わせてみりゃあええやん。焦ることないよ」

顔をあわせる……の前には高いハードルがある。冬吾は口を開きかけては閉じた。

「――これ言ったら、すっごい情けないんですけど」

「なんじゃ、改まって」

冬吾は一拍置いてから答えた。

「この前、母が誰かと電話で話してるの聞いちゃって……。俺のこと『まだ子供みたいなもの』とか『付き合うならこういう子がいい』とか、知らないところで勝手に決めつけてて」

「なるほど、そういうタイプの母親ね」

「はい。それを聞いて、なんか、怖くなったんです。これから誰かと付き合うことになっても、母がその子のこと気に入らないんじゃないかとか、文句言われそうだなって。そう思うと憂鬱で」

自分の声が感情的に上ずる。普段なら絶対に口にしない本音が、甘いものの力で、思いがけず零れ出してしまう。

柏原はゆっくりと整えるように間を置いた。

「……母親が子供のこと心配するんは当たり前なんよ。特に君んちなんか家族が他におらんしな。けど、その心配の仕方が息苦しいっちゅうんは、ようわかる。君はお母さんに、そういう発言が重荷になっとるって気持ち、ちゃんと伝えとるん？」

「昔から何度も言おうとしたんですけど……」

冬吾は紅茶をぐるぐると掻き回しながら続けた。

「どんな風に切り出しても『あなたのことを考えて』って言われちゃうと、言い返せなくて。この夏休みも出かけるたびに『誰とどこに行くか必ず教えろ』って言われてるんですけど、それもあって、二人のことがバレたらどうしようって悩んでて」

「ああ……、君、適当にごまかすん苦手そうやもんね」

柏原の言う通り、自分は嘘が下手なのか、急場しのぎの嘘やアリバイ工作は母に必ず見破られた。その後はこっぴどく怒られ、居心地の悪い思いをさせられるまでがセットだ。

「とりあえず、その二人と会うときは、友達も一緒に誘うっちゅうんは？　スカイツリー行ったときに来てくれた高校んときの友達おったやろ。お母さんにはシンプルにその子と会うてくるよっちゅうのはどう？」

提案自体は悪くない。だが冬吾は俯いて首を横に振った。

「僕もそれ考えたんですけど、この前その友達から連絡がありまして。『戸田《とだ》で有り金スッたから、しばらく遊べない』って」

「競艇か……。えらい欲望に忠実な子ねぇ」

柏原は同情するように呟くと、少し声のトーンを落として続けた。

「……じゃあ、最初から正直に『友達と遊びに行く』ってだけ言いんさいよ。『アイドルのライブで知り合った』って言えば女の子とはよう思わんよ。写真見せぇ、とか、電話番号教えぇ、とまでは言わんのじゃろ？」

確かに、今日も「大学の先輩と有楽町《ゆうらくちょう》で会ってくる」と言ったものの、「先輩の名前は？」「連絡先は？」などと詳細は訊かれなかった。とはいえ、今回だけ機嫌が良かった可能性もある。

「そうですかね……」

「そうね。君の素直なとこはええと思うけど、大人んなったら自分に不利なこと言わんってのも大事でしょうよ。お母さんも安心したいだけなんじゃけ、嘘つく必要はないけど、余計なこと言うて心配事ばー増やさん方がええ思うよ」

柏原の言葉を反芻《はんすう》する。

「余計なことを言わない」――そんな当たり前のことにさえ自分は失敗する。お世辞に対し真っ向から否定したり、些細《ささい》な間違いを訂正したり。正直であろうとした発言が、微妙な空気を生んだ記憶には事欠かない。思い出すだけで穴に入りたくなる。

そうして話を続けていたが、周りの客が一組、また一組と入れ替わっていく。

「――お楽しみのところ失礼いたしますが、お時間の確認をお願いします」

ウェイターが控えめに声をかけてきた。残り少ないスイーツが、話に夢中だった二人をそっと現実に引き戻す。

男二人でアフタヌーンティーなんて場違いかもと思っていたが、結構楽しかった。懸念事項も完全に消えたわけではないが、胸の苦しさは随分と和らいでいる。

柏原は足元の荷物置きに視線を落とし、鞄《かばん》の中からスマホを手に取って確認した。

「そうそう、京葉《けいよう》線のホームってどっから行くんがええ？」

冬吾はぴたりと動きを止めた。

京葉線といえば、沿線にはDのつく夢の国、幕張《まくはり》メッセ、だけではない。千葉県の南部へ行く路線もまた、そこを通る。

「特急に乗るんですか？」

「おお、さすが詳しいね。そうなんよ、わかしおとかいうのに乗る予定で」

「……彼女の実家、そっちですよね」

柏原の表情がはっきりと強張る。

柏原が不自然なほど「共通の知り合い《久美子》」の話題を避けていた理由が、ようやく腹落ちした。自分がかつて彼女にフラれたことを気遣っていたのだろうが、脇の甘さでさらりと知らされる現実が腹立たしい。

「え、もうご両親にご挨拶とか、そういう話になってるんですか？　早くない⁇　まだ付き合って一年経ってないですよね⁇⁉」

「いや、まだそこまでは……。よう知らんけど、お客さんを招くんが好きらしいんよ。部屋も余っとるし泊まってけーって」

「しかも泊まりかよ……！　ちょっと顔見せるだけじゃないの？　ってか、先輩よくそんなのんびりしてられますね⁉　もっと緊張するだろ普通は！」

「いや、前に会うたことあるけど、そんなに絡みづらい感じじゃなかったけぇ」

「もう会ってるんかい！　なんだよ、公務員試験落ちたくせに……」

「君なぁ……、そういうところやぞ。俺だって、一応今年も最終面接まで行ったんじゃやけ」

就職については足踏みしているものの、恋愛は順調な柏原を羨ましく思う気持ちがあるのは確かだった。ああ、わかっちゃいるけど妬ましい……。

「人にはそれぞれペースっちゅうもんがあるんよ。来年こそは受かるつもりやし、その頃には君も……なんて言うとまた怒られそうじゃな」

余裕ぶった柏原の態度に、冬吾はますます苛立ちを覚えた。こうなってくると何もかもが上から目線に感じる。

ふいにテーブルの向かいに目をやった。ケーキスタンドの上段に、イチゴが載ったマカロンが一つだけ残っていた。

冬吾は勢いよくフォークを伸ばし、それをぐさりと刺した。

「おい、ちょっ……！　それ、取っといたやつ！」

「あー、すみません。全然食べないんでいらないのかと」

抗議の声を無視し、冬吾はそのままマカロンをひょいと口に運んだ。甘酸っぱいイチゴを飲み下すと、ついでに溜飲《りゅういん》も下がった気がした。


「陸《りく》くん……、それ、取っといたやつ……」

「えっ？　すみません。全然食べないんでいらないのかなって思って」

柏原が「みんなで分けて食べんさい」と別れ際にくれたもみじ饅頭《まんじゅう》。

その箱は早くも空になっていた。奇《く》しくも同じ言い訳で食べられ、「因果応報」の四文字が頭を巡る。

「チョコ味だけは最後に楽しもうと思ってたのに……」

ため息を漏らしながら、冬吾は宿題の解説に視線を戻した。

少年は陸という名の小学六年生で、冬吾の実家と同じマンションに住んでいる。去年の中頃より、冬吾は陸にオンラインで勉強を教えていて、帰省時など都合がつくときは対面授業を行っている。この日もマンションの一階のロビーで陸の宿題を見ていた。

冬吾も、陸の頭が良いことは認めている。ただ、周りから「中学受験を考えたら？」と勧められているにもかかわらず、陸自身は乗り気ではないようだった。

『そりゃ、いい学校に行けたら嬉しいけど、県立のあそこ、倍率えぐいじゃん。他の私立は遠いから行きたくないし。どうせ落ちるのに、受ける必要ある？』

陸の言い分もわからなくもない。「県立のあそこ」は冬吾も小六のときに受けて不合格となった。確かにかなり難しいのはわかるが、本気を出さないまま可能性を潰してしまうのは、少しもったいない気がしていた。

「えっと、松戸から柏《かしわ》まで快速だと9分、各駅だと16分。各駅が5分先に出たとすると……」

冬吾が解説を始めると、陸が急に自分の背後に目をとめた。

「先生、あれ……」

振り返ると、エントランスの入り口から二人の若い女性が入ってくるところだった。

「えっ⁉⁇」

同じ顔をした二人は、一旦何かを囁《ささや》きあうと、こちらへと手を振った。

「こんにちは。突然すみません」

「なんや、こんなわかりいやすいところにいたか」

現れるはずのない二人の出現に、事態がまったく呑《の》み込めない。つい先日先輩と「どう接していくか」を相談していたというのに、こんな形で再会するなんて。

「なんで家わかったの⁉」

「あの、このまえスカイツリーに登ったとき、特徴を教えてくれたので……」

「十三階建てで神社の隣って、松戸市内にいっこしかなかったで」

そういえばそんなことを話した。

まさかこのみが覚えていて、自分の住所を突き止められるとは――相手がこの二人だったからいいものの、軽率だったと後悔が押し寄せた。

冬吾の困惑を察したのか、このみが申し訳なさそうに言い添える。

「それで、実は今朝、父が仕事のついでに、母を連れて様子を見に来たんです」

「んで、チーズケーキ置いてってたから、あんたに持って行きたいって、このみがな」

「あ、ありがと……」

戸惑いつつ礼を述べる。以前裕翔と豚まんを先に食べてしまったことへの埋め合わせなのだろうが、一報ぐらいあってもよさそうな気はする。

「素敵なマンションですね。……そちらの方は？」

感心しきりのこのみが、冬吾の傍に座る人物に視線を向けた。

「あ、僕が勉強おしえてる陸くん。同じマンションに住んでるんだ」

さくっと紹介すると、二人はまじまじと陸を眺めた。

「へぇ。えっらい可愛い子やなぁ」

「ね、すっごいまつ毛長いね」

陸の顔が見たこともないぐらい赤くなり、冬吾は一瞬違和感を覚えた。普段はいくら女性にチヤホヤされても平然としているのに。

「は、はじめまして……」

（いやまぁ、そうなるか）

よく考えてみれば自分らの共通の知り合いはオバちゃんばかりだ。あとは同級生ぐらいとしか交流する機会はないだろう。

つまり、くるみやこのみのような「若くてきれいなお姉さん」に突然話しかけられる＝思春期の男子にとっては非常事態。アドレナリンが出まくるのも詮なきこと。真っ赤になりながらも、陸は二人との会話を続けた。

「あの、お二人は、先生のお友達なんですか？」

「ともだち……。まぁ、そやな。こっちのこのみとBouquetのライブで知り合ってな。

この前、うちら二人と、センセと、そのお友達と、スカイツリー行ったんやで」

「そうなんですか。いいなぁ。楽しそう……」

　陸の呟きに、このみが反応する。

「陸くんは、あんまりお出かけしないのかな？」

「あの、僕、祖母と父と暮らしてるんですけど。二人とも忙しいから、旅行とか遠出とか全然したことなくて。だから、うらやましいって思っちゃいました」

　陸の家族のことは、冬吾もよく知っている。運転士の父親は夜勤が多く、祖母・寛《ひろ》子《こ》さんも老人ホームで週に数回働いている。

　二人とも陸のことを大切にしているが、基本的に多忙で、一緒に出かける時間は限られていた。そんな話を聞くたびに、同情的な気分にもさせられていた。

「──それなら、今度、私たちとお出かけしませんか？」

（えっ？）

　このみが「ねぇ？」とくるみを見遣る。くるみは戸惑い気味に「ああ……」と言った。

「私、この春に上京したばっかりで、姉も資格試験をこっちで受けるから、しばらくはうちにいる予定なんだ」

「なんの試験？　英語とか？」

冬吾が尋ねると、くるみが小声で説明した。

「乙四……危険物取扱者の乙種第四類。東京やと試験の回数が多いねん」

馴染みのない資格だけに、どの程度の難しさかはわからない。だが、見知らぬ土地での試験勉強は大変だろう。

感心していると、このみが陸を熱心に誘った。

「実はね、私たち、勉強の合間に遊びに行こうって話してたんだけど、どこに行けばいいか迷ってたの。陸くんが知ってる楽しいところ、案内してくれない？　四人で行けたら絶対楽しいと思うんだ」

このみの言う「私たち」には、自分も含まれていたらしい。おとなしそうに見えて、このみには意外と押しの強いところがある。

とはいえ、これは悪い話ではない。

「そうだね、陸くん、いいと思うよ」

「陸のため」という大義名分があれば、母への説明も楽だし、柏原のアドバイス通り余計な説明は避けられる。小学生をダシに使うのは心苦しいが、その辺は陸へのフォロー次第だろう。陸自身にも楽しんでもらえれば、問題はないはずだ。

「僕も付き合うから。陸くんにもいい経験になるよ。きっと楽しいと思うんだ」

冬吾の放った建前に、陸は少しほっとしたような表情を浮かべ、小さく頷いた。

平日は都心への通勤客ばかりの駅前も、この日は様相が一変していた。

マンションや商業ビルのそびえる街並みに、浴衣《ゆかた》姿の女の子たちが興奮気味に写真を撮り合い、子供たちが親のそばで駆け回っている。提灯《ちょうちん》に照らされた道は、既に祭りの熱気に包まれていた。

「先生……、二人とも早く来ないですかね」

「まだ六時前だよ。約束の時間になってないって」

冬吾が諭すと、陸は少し照れたように俯いた。

——思えば陸から「先生、僕、行きたいところ決まりました」と切り出されたとき、遊園地やお台場《だいば》等を想定していた冬吾は驚いた。隣市の花火大会なんてシブい提案をされると思ってなかった。

お伺いを立てると、このみからはすんなりOKが出た。二人は城南《じょうなん》方面にあるこのみのマンションから、電車に乗ってくるという。

「そういえば、今日はおばあちゃんには何て言ってきた？　僕と、お姉さんが二人いるって言った？」

敢えて具体的な質問で揺さぶると、陸は小さく首を振った。

「先生と出かけるってだけ言いました。二人のこと、説明しづらくて……」

「そっか。わかった」

実は冬吾も「陸くんと花火大会行ってくる」とだけ母親に伝えていた。

母親の「それなら安心ね！」という返事に、小学生より信用がないのかとがっくりきた。だが同じ年頃の自分を思い返すと、今の陸のほうが大人びているのは否めない。

「あの二人、どんな格好ですかね。もしかしたら浴衣とか……」

自分が小学生の頃は思いつきもしなかっただろう言動。やはり陸はマセている。

「浴衣かぁ。このみちゃんの足のこと考えたら、そんな無理はしないんじゃない？お姉さんも、実家から持ってきてるとは思えないし」

「おーい！　せんせー、陸くん!!　こっちやで！」

出し抜けに、関西なまりの声が人混みを突き抜けた。振り向くと、改札口の前でそっくりな顔をした二人組が手を振っていた。

（え……）

冬吾は思わず息を呑んだ。浴衣姿の双子が、こちらに歩いてくる。

このみは薄い水色に白い花が散りばめられた柄で、少し俯き加減に微笑んでいる。

一方のくるみは、紺地に白い朝顔が描かれた浴衣。普段の元気でお転婆な雰囲気が、不思議と柔らかく変化していた。

「浴衣、着てきたんだ……」

「やっぱり、こういう機会しかないですから。思い切って買っちゃいました」

「うちは他の荷物のついでに、ばあちゃんから送ってもらったわ」

陸は二人の姿をぽかんと眺めていた。普段の口達者が嘘のような上の空っぷりだ。

気持ちはわかる。自分も、顔がニヤついてしまいそうだ。

「そういえば、く……お姉さん、それ何？」

くるみは右肩に、アウトドアブランドのロゴが入った縦長の袋を担いでいた。

「ああ、これ、このみ用の椅子。地べたに座ったら良くないからな。足も見て。下駄《げた》は歩きづらいからスポサンやで」

冬吾ははっとした。脚が悪いとこういう配慮が必要なのか。全く考えが及ばなかった。下を向くと、このみは足首を固定できるタイプのサンダルを履いていた。

「まぁ、お医者さんの卵おるし、なんかあったら訊けばええやろ」

「いや、いまはまだ基礎習ってるところだし、病気とか怪我のことはほとんどわかんないよ」

くるみは「そんなもんかぁ」と呟いた。がっかりされるだろうが、一年生では一般教養がほとんどだったし、二年次から本格的に専門科目が始まったが、今は基本構造を学んでいるところで、臨床についてはまだ素人《しろうと》同然だ。とりあえず椅子は自分が運ぶことにして、くるみから受け取った。

「それじゃ、いこか」

人の波に追い抜かされつつ、四人で並んで歩く。

駅前を抜け住宅街をしばらく歩くと、川沿いに屋台の灯《あか》りが遠くまで連なっていた。湯気が立ち昇り、金魚すくいの水音が響く。夏の匂いが、濃く漂っていた。

（そういえば、昔……）

懐かしい記憶が蘇る。あれは確か、小学生にもなっていなかった頃。大きな手に引かれて花火大会に来たことが――

「せんせー、何やってるんですか？」

陸の声で我に返る。前を歩く姉妹が、人の波に呑み込まれそうになっていた。

「あ、ちょっと待って！」

急いで追いかける。夕暮れが、胸の高鳴りを隠してくれた。昔に戻ったような、不思議な気分だった。

射的の屋台で、陸は引き金に指をかけた。くるみが陸の背後から肩に手を置く。

「真ん中じゃなくて、ちょい下を狙うねん。そしたら倒れやすくなるから。そんで撃つときはゆっくり絞って……そう、その感じ！」

コルクが放たれ、的が小気味よい音を立てて倒れる。

「やった！」

「な。こういうのは、意外に法則が大事やねん。陸くんもともとセンスあるし、次はもっと良くなるよ！」

「教えてください！」

陸とくるみはすっかり意気投合し、キャッキャとはしゃいでいる。

（そんなに夢中になることかな……）

冬吾は少し首を傾げた。景品なんて、フリマアプリで買えば手間も費用も少なく済むのにと思ってしまうのは、射的も金魚すくいも壊滅的に下手な人間の負け惜しみだろうか。

盛り上がる陸とくるみの背を眺めながら、冬吾は横に立つこのみに尋ねた。

「脚、大丈夫？」

このみは浴衣の裾を少し持ち上げ、膝を曲げ伸ばしした。

「そうですね。もう少ししたら、どこかで座って休みたいかも……」

「そしたら、先に場所取りしてようか」

冬吾はくるみと陸に声をかけると、隣のこのみに視線を向けた。

「歩くの早かったら言ってね」

人混みの熱気がじわりと肌にまとわりつく中、冬吾は彼女より半歩先を歩いた。

「――この辺が観覧席だね」

河川敷は刻一刻と人で埋まり、周囲では家族連れやカップルがそれぞれの場所を確保していた。

遠くに東京湾の夜景が煌《きら》めき、向こう岸の高層マンションにも明かりが点《とも》る。

「ここにしよっか。花火も観やすそうだし」

斜面の中腹にレジャーシートを広げ横にチェアを設置すると、このみがゆっくりと腰を下ろした。

「くるみにも場所、伝えておきますね」とこのみがスマホを操作している間、冬吾も陸に連絡を入れた。当然、すぐには返信がない。

「まだ射的やってるのかな。あの二人、気が合うね」

「たぶんそうですね。くるみも、陸くんの才能を引き出すの楽しそうでしたし。それにくるみもおばあちゃんっ子なんですよ」

「そうなんだ。このみちゃんも？」

　このみは苦笑いしながら首を横に振った。

「私が両親と事故の怪我で通院してるとき、おばあちゃんがくるみの面倒を見てたんです。だから今でも、くるみはおばあちゃんにべったりで。両親のいる実家より、そっちに寄ることが多いんです」

　冬吾はハッとする。あのときの『事故に遭ったんやって、うちのせいやし』と言ったくるみの表情が、心にこびりついて離れなかった。

「あの……、その事故、『自分のせい』ってお姉さん言ってたんだけど……」

　恐る恐る口にすると、このみは少し驚いたように目を見開いたが、すぐに小さく首を振った。

「違います。あの子がそんなふうに思う必要なんてありません」

　一呼吸おいて、彼女は静かに続けた。

「小一のとき、くるみが友達の家にあそびに行ってて、母親の運転する車で一緒に迎えに行ったんです。そしたら、後ろから追突されて。私は後部座席に乗ってたから、脚を挟まれてしまって……」

（臼蓋《きゅうがい》が浅いのかな）

　どれくらいのスピードで追突されたのかはわからないが、いまでも後遺症があるぐらいだから、当時は相当な大怪我だったはずだ。

「その日から、くるみはすごく自分を責めていて……。でも本当は、くるみは何も悪くないんです」

冬吾は黙って聞いていた。姉妹の関係が少しずつ見えてきた。

くるみがこのみの世話を焼く姿は、気遣いが細やかで、自然な振る舞いには慣れた感じが漂っていた。

このみだって、姉に感謝しているに違いない。それが態度の端々から伝わってきた。

――二人は、ずっと、支え合いながら生きてきたんだ。

「優しいよね」

冬吾は言った。

「今日も、陸くんのこと誘ってくれたし」

「そんな……」

このみは首を振る。水色の浴衣の袖が、かすかに揺れた。

「私も、他の人がやれることができなくて、さみしかっただけです。だから、つい……」

思いを探すように、このみは川の流れを見た。

「つい、イベントごととか、取り残されてる人がいたら、放っておけなくて『一緒にどう？』って訊いてしまうんです。私も、結構おせっかいなのかも」

（そっか、だから……）

裕翔をスカイツリーに誘い、陸に「遊びに行こう」と声をかけた理由。誰かがひとりぼっちにならないように——その優しさの源は、このみ自身の経験だったのだ。

自分だって、どれだけ取り残されてきただろう。体育の授業で最後まで残されたり、登下校で輪に加われなかったり。孤独の痛みなら、よく知っている。

「俺も……」

そう切り出した時だった。

「せんせー！」

夜の河川敷に陸の声が響く。小走りで近づいてくる陸とくるみの姿が見えた。

「捜しましたよ！」

「なぁ、これ、りっくんが当てたんよ！　すごいやろ？」

くるみが姉弟のような親しさで得意げに陸の肩を叩くと、陸は脇に抱えていたぬいぐるみを正面に抱き直した。長い耳と赤いずきんが特徴的な、誰もが知っているうさぎのキャラクターだ。

「お腹すいたわ。なんか買ってなかった？」

「いや、花火の場所、早めに取りたかったから……」

「えー、そうなん？　射的に夢中になって、後の金残してないんやけど」

陸の腕に抱かれたうさぎに目を向け、冬吾は口をつぐんだ。使った金額は訊かないほうがお互いのためだろう。

しかし、今から買いに行くとなると……。もうすぐ花火開始の時間だ。屋台に行って帰ってくると一発目に間に合わないかもしれない。

「スミマセン」

後ろから声がした。振り返ると、両手にたくさん中身の詰まった紙袋を持った女性が立っていた。

小柄で、少し日焼けしていて、片言の日本語から東アジア系だと推測された。

「莉莉《りり》さん？」陸が顔を輝かせると、くるみも一緒にはしゃいだ。

「あ、さっきの射的でコツ教えた子やん！　何？　追ってきたん？」

莉莉と呼ばれた女性は嬉しそうに会釈を返す。冬吾とこのみは顔を見合わせた。

冬吾が「誰？」と尋ねようとした時、莉莉のスマホケースに貼られた繁体字のステッカーが目に入った。

「妳有什麼事嗎？（どうしたの？）」

冬吾が質問すると、莉莉の眼が輝いた。

「剛才教我玩射擊遊戲，真的很感謝。託妳的福，我得到很多獎品！」

「さっき射的のやり方を教えてくれて、本当にありがとうございました。お陰でたくさん景品が取れたって」

通訳する冬吾に、くるみは感心したように「ほー」と声を上げた。

「兄ちゃん、中国語喋れんの？」

「ちょっとだけ。Bouquetの台湾《たいわん》公演のために勉強してて。く、じゃない、お姉さんこそ、どうやってコツ教えたの？」

「そら、こんな感じよ」くるみが両手を使って射的の銃を構える仕草をする。言葉が通じないのに外国人と仲良くなるとは。さすがの積極性だ。

莉莉は紙袋から温かそうな包みを取り出した。

「這是謝禮，請收下！」

「お礼です、どうぞ、って」

差し出されたのは、まだ湯気の立ったたこ焼きだった。

「おっ、ちょうどお腹すいてたんや。ありがと……謝謝！」

元気よく礼を言うくるみに、莉莉も満面の笑みを返した。

そして「拜拜！」と軽く手を振ると、土手の向こうを目指して歩き出した。白いTシャツの後ろ姿が、夜の人混みに紛れていく。

湯気の立ったたこ焼きを早速分け合う。このみが「中トロトロや……」と感嘆すると、くるみは「結構やるやん」と何故か上から目線で評価した。

「先生、口の端にソース付いてますよ」

「えっ、マジ？　……取れた？」

「いいえ、逆に広がってます」

四人の笑い声が、暮れの空に溶け込んでいく。風が吹き抜け、甘辛いソースの香りがほのかに広がる中、大きな音が突然響き渡った。

「うわっ！」

陸が声を上げる。打ち上げ場所に近いせいか、轟音が地面を揺らすようだ。

「とうとう始まった？」

観客席のあちこちから、期待に満ちた歓声が上がる。

見上げた夜空に、最初の花火が静寂を破って開いた。

次いで青い光が広がりながら波紋を描く。その輝きは水面にも映り込み、ゆらゆらと揺れながら溶けていった。

「すごい……」

このみの声が、小さく震える。

「なぁ、なんで花火って夏にやるか知ってる？」

くるみが唐突にクイズを出した。戸惑う陸とこのみの代わりに、冬吾が答えた。

「江戸時代、享保《きょうほう》年間からの疫病退散が由来だよ。特に夏場はコレラとか疫病が流行りやすかったから、その供養と退散を祈願して打ち上げられてたんだ」

「えー、なんでそこまで詳しく知ってるん？　そしたら、次！　あの赤い花火、なんの元素の炎色反応かわかる？」

「ストロンチウム。青いのは銅で、黄色は多分ナトリウム」

即答した冬吾に、くるみは頬を膨らませた。

「正解やけど、なんやねん。今日は中国語といい、やけに見せつけてくるやん」

「ちなみに、花火の青色って、実はめっちゃ難しいんだよ。銅を高温で燃やすと綺麗な青が出るけど、温度が少しでもズレるとくすんじゃうんだって」

トリビアを披露しあう冬吾とくるみに、陸が呆れたように言った。

「先生たち……、普通に花火観ましょうよ」


打ち上がる花火は、まるで時を加速させるかのように次々と夜空を染めていく。

くるみの笑い声に、このみの夢見るような声。その声が耳をくすぐるたびに、冬吾の理性もまた溶けていった。二つの笑顔の間で揺れる心を、夏の夜空に打ち上がる光のかけらがまばらに照らし出す。

「綺麗やな……」

「私も……、一生忘れへんと思います」

フィナーレの花火が夜空を引き裂いた。打ち上がる光が一瞬だけ時を止め、やがて消えていく。この夏も、同じように終わりを迎えるのだろう。

歓声と拍手が沸き起こる中、静かに目を閉じた。光も、音も、この場所の空気も、全部記憶に刻みつけたかった。

そして、胸の中で芽生えた感情も、徐々に分化していく。

☆

「すごかったなぁ。あの四連発のやつとか、いっちゃん迫力あったわ」

「私はスターマインが良かったな。川に映るのが綺麗で」

花火大会の余韻に浸りながら、四人は駅への帰り道を歩いていた。

浴衣姿のこのみは、疲れた様子でくるみに寄り添っている。冬吾は二人が他の客とぶつからないよう、注意を払いながら歩いた。

「また、みんなで出かけたいですね」

陸が突然呟いた。彼らしくない素直な言葉に、このみとくるみは微笑んだ。

「そしたら、今度はお二人の行きたいところがいいです」

「ほんなら、定番のところがええな。浅草《あさくさ》とか築地《つきじ》とか」

「さすがにその辺は定番すぎない？　大阪でいう通天閣《つうてんかく》みたいな観光地だよ」

「あ」

突然、冬吾は足を止めた。

前方に見覚えのある白いTシャツとジーンズの後ろ姿。さっき花火会場でたこ焼きを分けてくれた莉莉だ。

莉莉はスマホの青白い光に顔を照されながら、不安げに辺りを見回していた。視線が合う。冬吾はすこし迷ったものの、再び中国語で声をかけた。

「怎么了？（どうしたの？）」

「我跟寄宿家庭走散了（ホストファミリーと来たけど、はぐれちゃって）」

不安げに様子を見守る三人に、冬吾は「迷子になったみたいだね」と解説した。

「你知道家的地址吗（家の住所はわかりますか？）」

「有地址（住所はあります）」

莉莉は急いでスマホの画面を冬吾に見せた。手書きのメモが映っている。

「可是用谷歌地图找不到（でも、グーグルマップで見つからないんです）」

莉莉の声は困惑に満ちていた。画面には、検索しても結果が出ないというエラーが表示されていた。試しに自分の端末で同じ住所を検索してみる。

「僕のスマホだと出てくるけど……」

画面を見比べながら、冬吾は首を傾げた。「うちのでも出てくるな」とくるみが呟く。もしかしたら、日本語での入力と、海外版では検索結果が違うのかもしれない。

くるみが突然手を挙げた。

「そしたら、うちが送ってってあげるわ」

「えっ」

冬吾と陸の声が揃う。皆の当惑をよそに、くるみは平然と言った。

「せっかくさっき美味《うま》いたこ焼きもらったし。それに、言葉もよくわからん国で迷って不安やん。草の根国際交流や」

「でも、中国語わかるの？」

「わからん。けど翻訳アプリ使えばいけるやろ」

根拠のない自信に溢れている。くるみは早速アプリを使い、「我會引導你（私が案内します）」と入力した画面を見せた。莉莉が安心したような笑みを浮かべる。

「このみ、もう疲れてきたやろ？　先に帰ってええよ」

「でも……」

このみの眉間に皺が寄る。反論するより早く、くるみが冬吾を見上げた。

「にぃ……センセー、このみのこと頼んだで。もしアレだったらちょい遠回りになるけど、乗り換え駅まで送ったってな。あと陸くん、二人についていってもいいけど、遅くならんようにな」

莉莉を手招きすると、くるみは日本語で「行くよ！」と言い放った。三人が反応する前に、すでに歩き出していた。

「それじゃ、気をつけて帰ってなー！」


「……って、まだ来ないね」

くるみに「先に帰って」と言われたものの、放っておくことも出来ず、駅前のバス停近くのベンチで待つこと一時間近く。陸とこのみにも疲労の色が滲《にじ》んできた。

「どう？　電話繋がった？」

冬吾の問いに、このみは首を横に振った。

「ダメです……。多分、電池切れです。姉、充電すぐ切れるのに予備バッテリーとか持ち歩かないんです」

（陸くんもいるし、遅くなると良くないのに……）

一応保護者的な立場の自分がいるとはいえ、すでに時間は二十一時半を過ぎている。あまり遅くなっても陸の祖母が心配するだろう。

冬吾は自分のスマホの画面を見返した。さっき確認した地図アプリではそこまで遠くない場所だったはずなのに。何をやってるんだろう、と不安が募る。

このみは浴衣の裾を何度も直し、ベンチで姿勢を変える度に眉間に皺を寄せている。隣の陸は先ほどから大きな欠伸《あくび》が止まらない。二人とも、限界が近そうだった。

「すみません」

このみは少し唇を噛んでから、ポツリと呟いた。

「姉は……昔っからこうなんです。人のこと放っておけなくて。でも一人で何でもできちゃうから、周りの人は振り回されちゃうんです」

冬吾は思わず同意しそうになった。五月の連休の夜、自分も莉莉と似たような立場で助けられたのだ。

「謝らなくていいよ」

冬吾は両手を慌てて振った。

「お姉さんのこと、みんなで心配するのは当たり前だし……」

このみは頷くと、長いため息をついた。

待ちくたびれたムードが三人を包み込む中、冬吾だけが落ち着かない様子で、ベンチの端から端まで行ったり来たりを繰り返していた。

何度目かの往復のあと、このみが小さな声で「あの……」と切り出した。

「もしかしたら、姉、電池切れで私たちの連絡に気づいてなくて、もう帰っちゃってるのかもしれません」

「え」

「前にもあったんです。ずっと待ってたのに、連絡も取れなくて。諦めて帰ったら先に戻ってて、『遅かったなー』ってケロッとした顔で言われたことが」

冬吾は駅前広場を見渡した。確かに人の流れは複雑だ。

南口にも北口にも改札があって、花火大会帰りの客は少なくなってきたものの、人の往来は絶えない。くるみが反対側の改札から入ってしまえば、すれ違っても気づかない可能性は十分にある。

陸が「そうかも」と顔を上げた。安堵《あんど》の浮かぶ表情で、冬吾に決断を迫る。

（って、言われても……）

くるみの無事を確認したい。だがこのみの体調も陸の帰宅時間も気懸かりだ。

自分の感情と理性と社会的な常識とを天秤《てんびん》にかけ、冬吾は答えを出した。

「そしたら、あと五分だけ待って、来なかったら先に帰ろう」

「どこやねん、ここ」

くるみは呟いた。深夜に差し掛かった住宅街は、どこもかしこも同じような家並みが続いている。まるで迷路みたいだ。

台湾からの留学生・莉莉を送るところまでは、順調だった。翻訳アプリを駆使しながら、二人で会話を楽しんだ。

「在大學學什麼專業？（大学では何を学んでるの？）」

「半導體。不過順便說一下，我語言不太好，在大學裡也一直為此苦惱。（半導体です。ちなみに、語学は苦手なので、大学でも苦労してます）」

「我自己也不擅長外語。不過，現在有很方便的工具，真是太好了。（自分も外国語は苦手。でも、今は便利な道具があるからいいよね）」

ホームステイ先の老夫婦は、彼女の無事な姿を見てたいそう喜んだ。

莉莉と夫婦にいたく感謝をされ、満足感に浸っていたのもつかの間。

来た道を引き返しているつもりが、途中で見覚えのない曲がり角に出くわした。

地図アプリを開くものの、現在地が一致しない。バッテリー残量は、道案内と翻訳でスマホを酷使したせいか、わずか２％だった。

「え、そんなに減る？」

呟いた瞬間、画面が暗転する。くるみは呆然として周囲を見回した。

（さっきの花火、あれは川のそばやったよな……）

東京と千葉の境を流れる大きな川は、確か北から南へと続いている。一旦河川敷に出て、電車の線路が見えたら東に向かえばいい――そのはずが。

「マジでどこやねん、ここ」

さっき曲がった角を戻ったつもりが、見覚えのある自販機が逆側にある。

まっすぐ来た道は、いつの間にか緩やかなカーブを描いている。いくら歩いても川も線路も見えてこない。一体どれくらい彷徨《さまよ》っているのだろう。

もうヘトヘトだ。歩いた距離も時間もわからなくなってきた。

「ねぇ、お姉さん」

近くで声をかけられ振り返る。スーツ姿で四十代くらい。仕事帰りだろうか。

「君さっきもこの辺いたよね。迷子かな？」

アルコールのにおいが漂ってきた。酔っ払いだ。危険を察知するが、下手に刺激はできない。背中に変な汗をかく。

「こんな時間に一人は危ないよ。うちで休んでいきなよ。ほら、すぐそこだから」

男性が一歩近づいてくる。腕を掴まれそうになり、全身の毛が逆立った。

「いや、大丈夫ですって」

「いいからいいから。シャワーも貸すよ」

「遠慮します！　構わんといて‼」

浴衣の裾を掴み、小走りで逃げ出す。

後ろから「おーい、待ってよー」と声が追いかけてくる。角を曲がって、やっと声が聞こえなくなった。

（やばかった……）

胸の動悸が治まらない。ますます迷子になってしまったが、今はそれどころではなかった。

疲れが押し寄せてきた。浴衣なんか着てこなければよかった。暑いし、着崩れを気にして歩くのも大変だ。

ようやく見つけた児童公園で、くるみはへたり込んだ。

「もう、ここでええか……」

お腹は減っているし、射的で使いすぎて所持金はからっから。さっきの酔っぱらいみたいなのがいると思うと、下手に動くのも躊躇われる。

とりあえず、と遊具の陰に身を隠す。最悪の場合、ここで野宿するしかない。

自分が朝帰りとなれば、このみは不安に思うだろう。それでなくても長時間外にいたから、体調に障りがないか心配になる。

でも、と思い直す。

このみのことは滝沢に託してきた。あの兄ちゃん、ちょっと抜けてるけど、このみは彼のことを信頼しているみたいだし、今夜もずっといい雰囲気だった。

もしかしたら、もしかしたら――今ごろ、うまくいっているかもしれない。

『なぁくるみ、どの柄が一番ええやろか』

一緒に浴衣を選ぶ瞳が、いつもより柔らかく揺れていた。そんな妹を真正面から見られなかったのは何故だろう。

違う、これは嫉妬じゃない、このみの成長がちょっとさみしいだけ。

今はそんな感傷に浸ってる場合じゃない。ない、けど……

「――る、み――」

誰かが叫んでいる。反応してしまったのは、自分と似た名前だからか。よく聞くと、本当に「くるみ」と呼んでいた。

（なんやねん、近所迷惑やろ……）

花火の音で、飼い猫でも脱走したのだろうか。気持ちはわかるが、時間を考えたほうがいい。

「くるみ――、おなかすいたでしょ――、どこ――」

必死な声に、苛立ちつつ胸が痛んだ。猫ですら捜してくれる人がいるというのに、自分はこんなところで汗だくのまま、息を潜めるしかないなんて。

（ホントに、うちはひとり……）

その時、呼びかけが近くに聞こえて、ハッとした。

「くるみー、出ておいでー」

ちょっと甲高くて、裏返りがちな若い男の声。「兄ちゃん」の声にそっくりだ。

くるみは遊具の陰から飛ぶように立ち上がり、歩道に駆け出て周囲を見渡した。

二区画先の民家の前に、長身の男の後ろ姿を発見。

あの背中は、間違いない。

「くるみ――――、いるんでしょ――――」

その声に、近所の窓がゴトリと音を立てる。このままでは大変なことになる。くるみは小走りで駆け寄り――

「何やってん⁉ 迷惑やん！」

背後から跳びつき、両手で男の口を塞いだ。男が少し苦しそうに呻く。声が止んだのを確認してから、そっと手を離す。

振り返った男は、くるみを見下ろして満面の笑みを浮かべた。

「くるみ、みぃつけた」

かくれんぼでも楽しんでいるかのように、滝沢はくるみの肩を軽くタッチした。

ちょっとだけ、動悸が激しくなった。

「見つけた、やないやろ。ヒトの名前叫び散らしてどういうつもり？　恥ずかしいったらないわ」

「あ、ごめんごめん。もしご近所さんになんか訊かれても『飼い猫が脱走しました』って言えばいいかなって。可愛い名前だから、猫でも通じるよね」

「やっぱ猫扱いかい。ってか、なんであんたがうちを捜してるん？　このみはどうしたん？」

「陸くんと一緒に駅前にいるよ」

　くるみは目を丸くした。このみと小学生を夜の駅前に待たせているなんて、

「なにやってん！　こんな時間に、陸くんまでほっといて！」

「でも、くるみのことだって、心配じゃん」

「うちは……別にええねん」

「このみちゃんも何回も電話かけてたよ。繋がらなくて、泣きそうになってた。陸くんも、ずっと待ってるから」

　そこまで聞いて、くるみは少し体を縮こませた。妹や小さい子にまで迷惑をかけていたと思うと、急に肩が重くなる。こんなつもりじゃなかったのに。

「……ごめん」

小さく呟いて俯く。

滝沢は軽くため息をつくと、緊張感の微塵《みじん》もない調子で言った。

「くるみって意外と方向音痴だよね。前も『たぶん駅こっちやで』って言って思いっきり迷ってたし」

「あれは……っ！」

思わず声が上ずる。あの日のこと――初めて会った時のこと。まさか滝沢がそんな風に思っていたなんて。

見上げると、滝沢は両手で口元を隠していた。

「だから今日は……、俺についてきて」

「なんやねん、それ」

頬が熱くなる。普段なら適当に流せる冗談なのに、どっか変だ。調子が狂う。

「そういえば、くるみの連絡先知らないんだけど」

「うち、ＳＮＳやらん主義やから」

いつものように、男子から連絡先を訊かれて拒むときの決まった返事。すると滝沢は落胆したように目を細めた。

しまった、と瞬時に思う。滝沢は妹の彼氏候補で、秘密を共有する仲間でもある。

少し邪険にしすぎたかもしれない。

「……このみに言ってくれたら伝わるし、そっちでええやん」

「でも、このみちゃんに何かあったときとか、今日みたいにはぐれたときとか。そういうときに必要になるかも」

くるみは夜風に吹かれる前髪を、咄嗟《とっさ》に押さえた。

「……一回だけ言うからな」

結局、口頭で電話番号だけを教えた。そんなに使うこともないやろ、と念を押しながら。

帰り道の静けさに、二人の足音と、遠くの喧騒《けんそう》と、たまにおしゃべりと――が響く。

花火すごかったね、せやな。ばあちゃんにも写真送らな、ホントにおばあちゃんと仲いいんだね、うちが行かんからひとりで寂しがってるかも、おばあちゃんちどの辺？　草森ってとこなんやけど、ああ、JR宝山線だね、なんですぐわかるん？　JRの駅なら全部覚えてるから、マジか本格派のテツやん――

不意に会話が途切れた。滝沢が立ち止まり空を見上げる。花火の消えた都会の空は、まばらに星が瞬くだけだった。

「今日の花火、きれいだったね」

子供っぽい口調に、くるみは吹き出しそうになった。自分より歳上なのにそうとは思えないほど、喋り方は妙に可愛らしい。

「それ、三回目やで。そんなに印象に残ったん?」

イジりで返すと、滝沢は珍しく間を置いた。

「……五歳か六歳のとき、父親と行って以来、久しぶりの花火大会だったから」

思いがけない答えに、口をつぐんだ。家を出ていったという父親——軽い気持ちで触れるような話題ではなかったが、滝沢は淡々と続けた。

「知らないおじさんとおばさんがいる家に連れれて行かれて……多分父親の親戚だったんだと思う。その家の近くにデカい湖があってさ。花火が空と水面の両方から打ち上がって、すごい迫力で、ビビって泣くかと思った」

全国でも有数の規模を誇る花火大会で、競技会としても知られている。県内外から人が集まり、山あいの街はごった返す。地元の人たちにとって欠かせない夏の風物詩らしいと、滝沢は語った。

湖面に映る大輪の花火。山々に反響する轟音。彼の目に映った光景が今日のそれと重なり、少しずつ形になっていく。

「そこ、夏なのに山の近くだから寒くて、父さんが自分のジャケットを貸してくれたんだ。その後は、父さんぶるぶる震えてた気がする」

「へぇ、やさしいオトンやな」

「うん。優しかったんだ。でも――、仕事を転々としたり、知り合いの保証人になったり。俺のことはたまに甘やかすだけで、家事にも育児にも協力的じゃなかったし、母親は大変だったみたい」

　懐かしさと後悔と諦めの交じった表情は、初めて会った夜にも見たことがある。ちょうど、父親からもらった「迷子札」のことを話していたときだ。

　大丈夫だ――そう背中に伝えたくて、手を伸ばしかけた。けれどその手を、慌てて胸元で握りしめる。

「そんでも、兄ちゃんは、オトンのこと好きだったんよな」

「……昔のことだよ」

　突き放す言葉とは逆の、まだ思いを引きずっている響き。強がりの子供のようで切なくなる。でも自分には、この人の孤独に寄り添う資格なんてない。

　街灯に照らされて、滝沢の長い影が歩道に伸びる。影に足跡を重ねないよう、くるみは斜めに歩を進める。彼との距離を、ほんの少しだけ遠ざけるように。


　電車の窓に、自分の顔が映り込む。車内の白いＬＥＤ照明に照らされて、浴衣の花柄が影のように揺れる。

ようやく駅にたどり着いて乗った帰りの電車は、予想外に混んでいた。

滝沢と陸は別方面だから、このみと二人きり。イベント帰りの若者が車内に溢れかえり、汗と香水のにおいが漂う。

やっと見つけた空席にこのみを座らせて、くるみは周りの乗客に揉《も》まれながら立っている。重なり合う肩と肩。誰かのリュックが背中に当たる。

「待たせてホンマにごめんな」

「もういいって。それ、三回目」このみは小さく笑う。「でも、さすがにちょっと疲れた……」

確かに顔色は良くないが、表情は満ち足りていた。膝には陸が射的で落とした赤い頭巾のうさぎを抱えていた。自分がいない間に、陸が妹にプレゼントしたのだろう。

「あ、これ、このみの好きなやつやん」と軽い気持ちで言ったはずだった。なのに陸は「絶対取る」と小遣いが尽きるまで挑戦していた。年長者として、止めるべきだったのかよくわからない。あの陸の情熱は、ただのチャレンジ精神ではない気がする。

「滝沢さんと陸くん、ほんまに優しいよね」

「そやなぁ」

くるみは適当に相槌を打つが、内心ドキッとした。

「あ、今日の写真見る？　滝沢さんと一緒に撮ったの、めっちゃいい感じやねん」

スマホの画面では、このみの横で滝沢が照れくさそうに微笑んでいた。

「今日は、今まででいっちゃん楽しかったわ」

このみの目が、潤んでいる。

夜空に咲いた花火は、まだこの子の網膜に焼き付いているのだろう。恋をする人間のみが持つ幸福感が、頬を染めていた。

（ほんまに楽しそうやなぁ……って、なんで思えんのやろ）

くるみはスマホの画面から目を逸らし、窓の外を見た。真っ暗な車窓に、浴衣の襟元が乱れた自分が浮かぶ。

電車は次々と駅のホームを通り過ぎていく。夜空の光を反射する川面《かわも》は、もう見えない。

『くるみのことだって、心配じゃん』

助けられた時の動悸も、初夏の邂逅《かいこう》も、全て封印しなければならない。誰にも話せない秘密として、深い水の底へと沈めていく。

電光掲示板が次の駅名を告げ、くるみは目を閉じた。

長い年月をかけて、このみは傷ついた脚を引きずりながら、健気に素直に生きてきた。誰かを心配させまいとする妹の気持ちを、双子の姉として育った自分が一番よく知っているのに。

(やのに、どうして)

「くるみ……どうしたん?」

思考を断ち切るように、このみの声が届く。

「ちゃうねん。ただ、うちも疲れただけ」

電車が駅に滑り込んでいく。ブレーキの振動に、倒れないよう踏んばった。

決意は変わらない。一番はこのみの幸せで、何があっても揺らぐことはない。自分の中に芽生えた感情なんて、ただの気のせい。打ち上げ花火のように、一瞬の光を放って消えていくもの。幻に似たもの。

「そやなあ」と、くるみは再び呟いた。

☆

「先輩、待ってました♡」

「さっそくじゃあ、かんぱーい!」

「私はお茶で、失礼します」

グラスをぶつけ合うと、先輩はごくごくと喉を鳴らして半分ほどビールを流し込んだ。

東京・八重洲《やえす》の地下街ど真ん中にある、モツ煮が名物の居酒屋「百舌《もず》」。ランチタイムは周辺のビジネスパーソンでごった返す店だが、今は昼間から酒を楽しむ常連客でまったりしている。渋めの店チョイスは、先輩の好みに合わせたものだ。

「恵麻《えま》先輩、いい飲みっぷりですね」

このみが褒めると、恵麻は「いやぁ、うまい！」と唸《うな》るように言った。

恵麻はこのみの一学年上の先輩で、はっきりした顔立ちに色素の薄い髪が似合うギャル系の美女だが、口を開くとおっさんのような雰囲気も漂わせる。

二人が出会ったきっかけは、語学の授業を再履修となった恵麻が、このみの隣の席に座ったことだった。

「ねぇねぇ、遅刻しちゃったからノート見せて」と恵麻に頼み込まれたこのみは、「あとでスタバのやつ一杯おごる」の誘い文句に釣られてあっさり了承した。

それ以来、顔を合わせれば挨拶を交わす仲になり、たまに一緒にご飯を食べに行くまでとなった。特に恵麻の豪快な性格は、気取った態度《イキリ》を嫌う関西人のこのみにとって好感しかなかった。

「先輩んとこ、彼氏は帰省してないんですか？」と、このみは話題を切り出す。

「めっちゃしてる。でもあいつ、今は『俺たちは現代の弥次《やじ》さん喜多《きた》さん――原付きバイクで東海道《とうかいどう》を制覇せよ！』とか言って、友達と旅行中なんだよね」

「え……、なんでわざわざ原付きで」

「ねー、意味わかんないよね。ちなみにさっき『ケツが早くも限界』『ファイナル・カウントダウン（痔《じ》）』って連絡きた」

そんなの、わかりきっていたことだろうに。恵麻も大概ツッコミどころの多いキャラだが、その彼氏というのも相当な変人だ。

「……それで、ちょっとご相談があるんですが」

「その言い方は、もしかしなくても恋の悩みだな？　え、違う？」

「ご明察。ってか恵麻先輩、ネタバレが早いですよ。こっちが言おうとしてたのに」

目を輝かせる恵麻に、このみは滝沢との出会いから、線路での救出劇に至るまでを語った。

「……へー、そりゃ好きになっちゃうね。あと電車に轢《ひ》かれなくてほんっとーに良かったね。早くホームドアが全部の駅にできればいいのにね」

「そうなんです。もう彼のことしか考えられないんです。次はいつ会えるんだろうとか、早く声が聞きたいとか、家にいてもそればっかり」

思い返すのは、線路に転落し、抱きかかえられた瞬間――

『このみちゃん』

間近で見る彼の真剣な眼差《まなざ》し、自分の名を呼ぶ震える声、そして思いがけない力の強さ。恥ずかしいことに、死の危険すら忘れて、ただ彼の体温だけを感じていた。特急列車の轟音すら聞こえないほどだった。

今でも目を閉じると、彼の腕の中にいた感触が蘇ってくる。死にそうなほどドキドキしていた心臓の音が、まだ耳の奥に残っている。

あんな強烈な経験をしたら、恋に落ちないほうがどうかしている。

「やー、レモンよりグレープフルーツより甘酸っぱいね！　ごちそうさまです！」

言うが早いか「あ、ごめんもう一杯いい？」と店員を呼び止めた。

「ただ、感触は悪くないんですけど……」

グラスの水滴を指でなぞりながら、このみは内なる感情を探した。

バラバラだった水滴が指先に集まると、大きな雫《しずく》となって表面を滑り落ちた。

「まだ、次にどうしたらいいかわからなくて」

滝沢からのメッセージは決して冷たくはない。むしろ丁寧で優しい。

だが、その優しさがかえってもどかしい。友達としての距離感なのか、それ以上の感情が含まれているのか。返信を読み返しては、一喜一憂している自分がいる。

自分の気持ちは伝わっているはずなのに、彼の心の内はまるで掴めない。不安と期待で、ずっと揺れ動いている。

このまま自分らは、友達で終わってしまうのだろうか。それに――

「……実はつい先日も、私たち二人と、彼と、その教え子の小学生と四人で花火に行ったんです。すごく仲良くなって、また四人で出かけようねって話になって。でもやっぱり、二人だけで会った方がいいのかなって。それも緊張するんですけど」

陸を誘ったのは、彼の境遇に同情した面もある。だがやはり、狙いは陸の「先生」の方だ。自分のわがままでこれ以上周りを巻き込んでもいいのか、自分では答えが出せない。

「んー、どっちでもいいんじゃない？　このみちゃん歩くのにちょっと不安あるし、ペース配分掴めるまでは、お姉さんについてきてもらってもいいと思うよ。みんな楽しかったって言ってるんでしょ？」

あっけらかんと言われて、このみは心底ホッとした。第三者の無責任な肯定が、ずっと欲しかったのかもしれない。

恵麻は「それに」と付け加えた。

「他の人がいるとその人の知らない面が見えたりするからアリだと思うよ。一対一だと、どうしてもいい格好しようとしちゃうから」

「そうかもしれませんね。その子といると、滝沢さんが意外と無邪気な一面見せてくれたり……」

「んだんだ。慣れてきたら二人になればいいのよ」

このみは思わず顔を緩ませた。普段は大人で落ち着いているはずの滝沢が、陸や友達の前では時々少年のように笑ったり拗ねたりする。そんな意外な表情を見るのが、密かな楽しみだった。

恵麻の目が意味ありげに細められる。まさか、と嫌な予感がする。

「ねぇ、ところで、このみちゃんって男の子と付き合ったことあるんだっけ？」

やっぱりそう来たか。このみは諦めに似た気持ちで、手にしていたバゲットをモツ煮の鉢に浸した。

「……通学路で待ち伏せされたり、手紙もらったり、告白なら何度かされたことはあるんですけど、どの人も、ちょっと好みじゃなくて」

まだ誰とも付き合ったことがないなんて、モテるはずの恵麻からしたら信じられないかもしれない。でも中高は男子とほぼ接点はなかったし、仕方のないことなのだ。

予想に反して恵麻は大して驚いた様子もなく、手にしたグラスをドンと卓に置いた。

「そしたら、自分なんて、とか思わないで全力でいこうよ」

「え……、それは」

「全力」という単語に怖気づく。恵麻は突然スイッチが入ったようにまくし立てた。

「よくさぁ、『好きになったほうが負け』とか言うけど、そういう風潮おかしくない？　その人のことしか考えられないくらい好きな人がいるって最高じゃん。ＤＭの一文にいちいちときめいて、ヴッって呻《うめ》いてキューって切なくなって……って一生に何度経験できると思う？　多分、一度も出来ない人だっているよ？」

いい加減でぶっちゃけキャラな恵麻の口から、こんなロマンチックなことが発せられるなんて。どういう風の吹き回しだろう。

軽く引いたこのみに構うことなく、恵麻の口調は熱を帯びた。

「万が一のことなんか考えなくていい！　いっちばん可愛いメイクして、いっちばん似合う服着て、さいっこーの笑顔で会話するの!!　このみちゃんぐらい可愛い子が全力で恋してたら、下手な駆け引きなんかするより五億倍威力あんのよ！　それはもう可愛いの暴力なのよ！　自分がその男なら間違いなく落ちるね！」

相当酔っ払っているのか、例えも言い回しも明らかに過剰だ。「可愛いの暴力」って何？　意味不明が過ぎる。

「一言言っていいですか」

恵麻は頬杖《ほおづえ》を突きながら「なに？」と答えた。

「何言うとんの」

普段は浮かないよう標準語で話すのを心がけているのに、この先輩の暴走っぷりには耐えられなかった。つい関西弁が口をついた。

恵麻は何故か嬉しそうに笑うと、手つかずだったお冷やを一気に飲み干した。

「まあ、ダメになったらダメでいいじゃん。その時は次に行けばいいんだし」

「急にバッサリ来るやん。ちなみに先輩、今の彼氏と別れたらすぐ次に行けます？」

「余裕で無理。多分一〇〇時間ぐらい泣き続けて、五年ぐらい『いいじまー』って言ってSNSで動向とかチェックし続ける」

「それもう呪ってますよね。そんなんで『次に行けばいい』って、どの口が言うてんの？」

恵麻らしい、といえばそれまでだけど、ここまで適当だと逆に清々《すがすが》しい。隙だらけの言動に、ツッコミを入れずにいられない。

「細けぇことはいいんだよ。踊る阿呆《あほう》に見る阿呆。同じ阿呆なら踊らにゃ損損ってね。どうせ同じ恋をするなら、たくさん踊った方がいいじゃん」

誰が阿呆だ、とまたも反射で出てきそうだった。が、この際だから恵麻に打ち明けておこう。

「……踊るといえば、先輩にだけ言うんですけど、この前、ダンスサークルの練習見に行ったんです。Bouquetのコピーとかしてるって聞いたんで」

「へー。意外」

恵麻の薄れた目が、一瞬だけ輝きを取り戻した。

「入るとかじゃなくて、見学だけなんですけど。股関節が悪いから踊れへんのはわかってるし、でも、どうしても一回見ておきたくて」

黙り込んだ恵麻にグラスの水を差し出しながら、このみは続けた。

「見学者席でずっと見てたら、なんか不思議と『これでいいんや』って思えてきて。できへんことはできへんでええ。その分、自分にできることを精一杯やろうって」

「すごくない？　そこまで考えられるの。めっちゃ大人じゃん」

「まさか。でも私も、そろそろ自分のやりたいこと、見つけられそうな気がします」

「じゃあさー、アイドルとかどう？　踊れなくてもみんなで『はーい！』みたいな」

恵麻は両手をハートマークに組んで上に掲げた。なんとなくす〜ちゃんっぽい仕草だな、とこのみは思った。

どこまでも適当な態度に手応えのなさを感じるが、これでも恵麻は寄り添っているつもりなのだ。そう思えるぐらいには、このみは恵麻を理解していた。

別れたら一〇〇時間泣いて、五年以上忘れられないような相手と出会った彼女は、きっと幸せなのだ。

自分もそんな恋がしたい。相手のことを想うほどに、自分の世界が広がっていくような。怖くて一歩も前に進めなかった日々が、懐かしく思えるような。

夜の電車内は、心地よい揺れに包まれていた。車窓の外には、夜景がちらほらと流れ、月の明かりが遠くに頼りなく光る。

日曜の午後八時。この時間に北関東より都心へ向かう車内は人もまばらで、他に空いている席はいくらでもあったものの、四人は身を寄せ合うようにしてボックス席に座った。

遅く始まった滝沢とくるみの夏休みも、九月いっぱいまでだ。週末ごとに四人で出かけた小旅行も、今日で最後になるのだろう。日中は自然の織りなす絶景に興奮し、郷土料理に舌鼓を打ち、深まりつつある秋の休日を満喫した。だが今は、はしゃぎすぎた一日の疲れが出たのか、次第に口数は少なくなり誰からともなく船を漕《こ》ぎだした。

滝沢は窓側に座り、タブレット端末に視線を落としていた。長い指が画面を滑るたびに、専門用語だらけのページが静かにめくられ、スタイラスペンがコツコツと軽い音を立てた。

彼が集中している様子を、このみは隣の席から薄目で覗《うかが》っていた。彼の真剣な横顔は、電車の控えめな照明に照らされていた。

「なにやってるんですか？」

このみが小声で呼びかけると、滝沢は驚いたように顔を上げた。

「あ、起こしちゃった？」

「寝たふりしてただけです」

このみは軽く笑った。滝沢もはにかんで応えた。

「ちょっと、予習してたんだ」

「お休みの間も、勉強してるんですね」

「やらないと、ついていけないからね」

謙遜か本気かわからないが、以前から滝沢は自分らとでかけているときも、隙間時間に勉強をしているようだった。その努力が、このみにとっては途轍《とてつ》もなく尊かった。

来週には、滝沢は学校のある土地へと帰ってしまう。

頑張ってほしい気持ちはもちろんある。だが同時に、離れがたいと願う心が、このみの笑顔を固くした。

「ひとりのとき、ごはんちゃんと食べてますか？　お部屋散らかってないですか？」

このみの問いかけに、滝沢は虚を衝《つ》かれた顔をしたのち、ふっと笑った。

「お母さんみたいなこと言うね。大丈夫、こう見えてもなんとかなってるよ」

「すみません、やかましい思ったですよね」

「全然。心配してくれてありがとね」

頷きつつも、自分の発言が空回りしているのを感じた。

よくわからない人だ、と無防備に目尻の下がった笑顔を見て思う。

初めて会ったときは、表情も少ないし、もっとクールな印象だった。だが旧友や陸の前ではツッコまれることが多い。おそらく育ちの良さからきているそんな部分を、たまらなく思うのは俗に言う「萌《も》え」に近い感情か。

（本当に、この人はひとりで大丈夫なんかな）

滝沢にとって勉強の負担がどれほど大きいのかは、漏れ聞こえる話や態度から察していた。加えて一人暮らしでは家事には手が回らないだろう。

だからこそ、そばにいて、支えになりたい。ちょっとだけでも、多忙な彼の負担を軽くしてあげたい。

けれど、けど、そうやけど。

このみの想い人は、何も変わらないトーンで「大丈夫」と言ってのけた。

ホッとしながらも、同時に寂しさも堪えきれなくなった。

「また、どこか、一緒に行きたいです」

「もちろん。楽しみにしてるよ」

優しく告げられる曖昧な回答に、どれだけ自分が救われているか。どれだけ思い悩んでいるか。この人は知らないのだろうか。

不意に有名な短歌が思い浮かんだ。淡々と信念を語る男に対する憧憬《しょうけい》と、「なんでこっち見ぃひんねん」という焦《じ》れったさを滲ませた、恋する女性の詩。

とはいえ、あれはちょっと色っぽいニュアンスが過剰だ。もう少し今の心境に近いものがあった気がする。たしか、同じ作者のやつで――

☆

「道を云《い》はず　後を思はず　名を問はず　ここに恋ひ恋ふ　君と我と見る――」

このみは窓に向かって、かすかに詩を呟いた。

ガラスに映る夕暮れの街並みに、自分の姿が重なって見える。通りを行き交う人々の声が、五階の高みまで届いてくる。

「なに。意味わからんけど大丈夫そ？　うっすらメンヘラ臭するんやけど」

窓に映る部屋の中で、くるみが黒のリュックに荷物を詰めている姿が見えた。

「メンヘラて。与謝野《よさの》晶子《あきこ》パイセンの詩やねんで」

「へぇ。『君死にたまふことなかれ』の人やな。それしか知らんけど」

このみは窓から部屋の方へ振り返った。

「夏休み終わってしまうの、さみしいなぁ」

リュックから顔を上げ、くるみが吐息をつく。当初四、五日で関西に戻る予定が何度も延び、結局一ヶ月以上このみの部屋に居座っていた。その間どんどんと増えた荷物は、持参したリュックとは別の段ボールいっぱいに詰められている。

「なぁ。くるみも遊んで試験受けて、充実してたな」

「なんか、ちょっと楽しそうやん」

姉の指摘にこのみは一瞬躊躇い、机に手をつきながら切り出した。右足に体重がかからないよう、慎重に姿勢を変える。

「大学院の資料、取り寄せてみたわ。文学研究科……広島にある大学なんやけど」

「え、マジ⁉」

「せやで。大正ロマン派の受容史を研究してる先生がいてな。『愛と革新の系譜』って本、図書館で見つけて読んでるんや。それからな、その先生の全部読んで、論文なんかも調べてるんよ」

トートバッグから大学院の資料とプリントアウトした論文を取り出した。

「な、この研究、大正時代の女の人らが、どうやって自分の気持ちを表現しようとしてたんか、当時の空気の変化とかがすっごい面白いんよ」

百年前の女性たちは、抑圧された思いを歌に託し、小説に編んだ。彼女たちの言葉には、自分の道を切り拓《ひら》こうとする強い力があり、時代を超えて響いてくる。

まだ自分は学部一年生。研究に必要な文献はまだ数本しか読めていないし、健康上の不安もある。

それでも、あと三年。卒論を書いて、研究計画を立てて、そこそこの成績を取れば、道は拓けるかもしれない。自分でも驚くほど、やる気に溢れていた。

「っていうけど、やっぱり狙いは王子様なんやろ？」

資料とこのみとを見比べ、含み笑いを浮かべながら言った。

「作文書くのにめっちゃ苦労してたのに、大学院とか行って大丈夫なん？」

「いつの話？　今はそんなんでもないで」

「なんや、恋の力ってすっごい偉大やな〜。ほんまにもう」

揶揄《やゆ》するような姉の態度に、このみは顔を上げた。さっきからの物言いが、いちいち引っかかる。

「うちが勉強するの、そんなにおかしい？」

くるみは目を逸らし、わざとらしい軽い口調で言った。

「おかしくはないよ。ただ、広島に行きたいって、あの人のいるとこやん」

「そうやで。でも、それの何が悪いん？」

開き直りに聞こえるかもしれない。滝沢の近くに行きたい、という気持ちももちろんある。

でも、大正文学に興味を持ったのだって本当だ。好きな人の近くで、好きな勉強がしたい。それのどこが間違っているのだろう。

「悪いとは言ってないで。でも……」

姉の声は、最後に向かって弱まっていく。

「世の中、そんなにええ男ばっかりやないからな。あんまり夢見すぎんほうが身のためかなって」

「なんやねん。滝沢くん、うちらと遊んでたときも、時間見つけて勉強してたで。陸くんの面倒も、ずっと見てあげてるやん。うちの命の恩人やし。優しくて、イケメンで、努力家で、あんなにええ人他におらんよ」

あのライブ会場で意識を失いかけたとき、滝沢は駆け寄ってくれた。周りの人たちが心配そうに声をかけ合う中、落ち着いた声と温かな手のひらで支えてくれた。

そんな滝沢の姿に、このみは確信していた。

出会うべくして出会った。同じBouquetが好きで、同じ場所で、同じ時間に。偶然なんかじゃない。そばにいたい、ずっとそばで見ていたい。運命を感じる気持ちは日に日に強くなるばかりだ。

「だからそういうのが危険やって言ってんねん。このみ、がっかりせぇへん？　もしあの兄ちゃんが、思ってたのと違うかったらどうすんの」

姉はいちいち水を差してくる。このみは疑問を投げ返した。

「思ってたのと違うって何？」

「たとえば……、寝相めっちゃ悪かったり、道端でゲロしたり、虫見ただけで悲鳴あげたりするヘタレだったりとか」

「誰やねんそれ。そもそも『そいつ離したらあかん』って言ったのくるみやんか」

「ま……あ、実際見てみると思うことも出てくるやん……」

語尾を濁す姉の態度に苛立ちだけではなく違和感を覚えた。いつも何でも正直な姉が、今日に限って歯切れが悪い。

「何か、最近変やない？　滝沢くんのことになると、言うことがブレブレやん」

問いかけると、くるみは突然立ち上がり、ベランダの植木を指さした。

「あ、見て見て！　ミニトマトなってきたで！　収穫せなアカンわ」

慌ただしい声色に、不自然さが滲む。空元気はいつものことだけど。

「何やねん。なんか言わなあかんことがあるなら言い」

「何も無いねんて。考えすぎちゃう？　あれやんな、『お釈迦《しゃか》様でも草津《くさつ》の湯でも』ってやつ」

「うちは真剣に訊いてるんよ⁉」

普段は物静かな妹の声にくるみがびくりと肩を震わせる。その反応を見届けたように、このみは「もう、我慢でけへん」と声を上げた。

「前からずっと気になっててん。くるみ、なんでそんなに滝沢くんに馴れ馴れしいの？　『兄ちゃん』呼びして、タメ口きいて。かと思えば『知らん』とか適当な態度とって。うち、見てて辛《つら》いねん」

くるみは両手を慌てて振った。

「いやいや、そんなん、あの人も気にしてないやろし、別に……」

「本人が気にしてないから、いいねんな？」

このみの胸の奥で何かが千切れた。

小さい頃から、活発で友達の多い姉のことを羨ましく思っていた。両親の庇護《ひご》のおかげで、それは単なる憧れで済んでいた。

でも今は違う。姉の言葉の端々に感じる優越感のようなものが、これまで押し殺してきた不安を掻き立てる。

「ちゃうやろ。滝沢くんが大人やから見逃してくれてるだけやろ。甘えすぎや。うちの大事な人のこと、なんでそんなに雑に扱うねん」

この一ヶ月以上、姉の存在は大きな支えだった。遠出のたび皆を結びつけてきたのは、間違いなくくるみの明るさだった。

けれど、くるみと滝沢が話しているのは見ていられなかった。姉と話す時の彼は、饒舌《じょうぜつ》で飾り気がなくて、まるで昔からの友達のように自然に笑っていたから。

「……うちと滝沢くんのこと、邪魔なんやろ」

くるみの表情が曇った。股関節の痛みが、鈍く響く。

「くるみは勝手気ままに家出て、親の心配なんて知らんぷりして……。なのにいつも偉そうに。今度はうちの恋にまであれこれ指図して。意味わからんし迷惑や。はっきり言うけど何様やねん」

優しげだった姉の表情が、一瞬にして歪《ゆが》んだ。「何様」という発言を取り消したいと思う間もなく、くるみの眼が怒りに燃えていた。

「だったら勝手にせぇ！　うちはもう知らんわ！」

ドアが激しく閉まる音が響き渡った。

姉の気配が消えてなお、投げつけた言葉が耳に残って離れない。エアコンの低い唸りが部屋に満ちて、このみの後悔を容赦なく押し潰していった。

☆

出勤前のスーツ姿のまま、母が腕時計に目を落とす。午後からの仕事を控え、そろそろ家を出なければならない時間だろう。

「もう一度、確認するからね。財布は？　携帯の充電は？　向こうの家の鍵は？」

「うん、全部大丈夫」

冬吾はスニーカーの紐《ひも》を結び直しながら、ポケットを順番に叩いた。

「それにしても、もう広島に行っちゃうのね……」

母は一瞬、俯いた。

「あなたも夏休み、楽しかったでしょ。陸くんのことも、何度も遊びに連れて行ってくれたみたいね。河合《かわい》さんからも感謝されちゃったわ」

陸の名前が呼び水となり、休暇中の出来事が真新しい鮮度で頭に浮かんだ。だが母の前で思い出に浸るのは躊躇われた。

「まあ……、時間あったし」

「でもちゃんと、勉強も見てあげてるんでしょうね。陸くんも受験控えてるんだし」

痛い指摘に思わず目が泳ぐ。確かに最近は授業の時間はとっているものの、勉強そっちのけで遠出したときの話で盛り上がってしまう。

その後ろめたさから目を逸らすように、母の胸に手を当てる仕草に目を留めた。

「お母さんこそ、体調大丈夫？　よくそれやってない？」

「気にしないで。何でもないから」

「ちょっと不整脈とか出てない？　一応心電図とか取ってもらったほうが……」

強い口調で「いいから」と遮ると、母は冬吾に一歩近づいた。

「あなたも向こうでちゃんと勉強してね。留年なんかしたら大変よ？」

陸の次は自分か、と冬吾は内心でため息をつく。

「卒業まで、あと四年もあるのね。一人暮らしも大変だし、寂しいでしょう？　ホントに、せめてもうすこし近くの」

「あっ、もう時間だ！」

冬吾はスマホの画面を確認し、慌てて立ち上がった。

「ごめん、行かなきゃ！　いってきます！」

母の喋りを遮り、冬吾は玄関を飛び出した。後ろから母の「気をつけてよ！」という声が追いかけてくる。

その声は聞こえないふりをして、足早に廊下を駆け抜けた。


「あっ、N700Sだ。やった……！」

「すみません、なんでそんなにテンション上がってるんですか」

「え、きまってるじゃん。最新車両だよ⁉　揺れが少なくて、乗り心地がすっごくいいんだ！」

陸が「はぁ」と納得いかなそうに頷く。その横で、このみは朗らかに笑っていた。

大学生特有の長い夏休みもとうとう終わり、冬吾はこれから広島に戻る。職員会議で授業が午前中で終わった陸と、同じく午前中のみ講義のあったこのみが、冬吾を見送りに東京駅まで来てくれた。

新幹線ホームには、慌ただしくも高揚した空気が流れていた。秋に入ったとはいえ、夏の名残《なごり》が強い。駅特有のコンクリートにこもる熱気が体にまとわりつくようだ。

このみが手に持っていたお土産袋を差し出した。

「これ、シウマイ弁当です。道中で食べてください。さっき陸くんと選びました」

「え、あ、ありがとう……。ごめん、俺、何も用意してなくて」

「いいんです。そしたら、次は広島土産期待してますね」

屈託のない笑顔を向けられる。その横の陸の視線が「なんか軽いプレゼントぐらい準備しとけよ」と語っているのは気のせいか。

ともかく、自分との別れを惜しんで見送りに来てくれるほど、親しい知人ができたのは嬉しい。が、どうしても一つだけ気にかかる。

「くるみは？　体調でも悪いの？」

何気なく尋ねると、このみが少し険しい顔をして首を振った。

「なんか、月曜に急に帰ってしまって。あの子、そういうとこあるんです」

「え、あ、そうだったんだ」

答えつつ、いまいち釈然としないものを感じた。

(月曜って、四人で遊びに行った次の日じゃん)

最後に共に出かけたとき、くるみはあと数日東京にいると言っていた気がする。一体何かあったのだろうか。

疑問を口にしかけたとき、発車を知らせるメロディが流れた。

「先生、指定席とったんでしょ。早く乗って」

「気をつけて。向こうに着いたらDM送ってくださいね」

二人に背中を押され、新幹線に乗り込む。冬吾が乗車するや否や、背後でドアが閉まった。

窓際の席に座ると、陸とこのみがホームから一生懸命手を振っていた。

不意に車体が動き出す。「のぞみ」はあっという間に加速し、二人の姿が見えなくなる。それでもホームの端にもう一人の女の子が現れないか追ってしまう。

冬吾は窓に額を押し付けた。すぐに品川駅のホームが近づいてくる。ぼんやりと車窓を見つめながら、この夏の思い出と、最後の最後で残った疑問の答えを探していた。

(……って、気持ち切り替えなきゃ)

こんなことばっかり考えてる場合じゃない。そうだ、休み明けはすぐに試験があるし、そもそもくるみは「そういうとこある」って妹にも言われてるぐらいだし——

(ほら、また考えてるし)

些細なことでも気になることがあると、他に手がつけられなくなる。昔からそうだった。こうなるとどうしようもない。

スマホを取り出す。電話帳を開いて指を滑らせた。花火大会のとき、口頭で教えてもらったくるみの番号。一回も使ったことはないけれど、そんなに気になるなら連絡すればいい。ただの確認なんだし。

ＳＭＳの作成画面を開く。文字を打っては消す。また打っては消す。やっぱりやめようか。いや、今のタイミングを逃したらもう次はない。勢いで「送信」を押す。

『急に帰ったみたいだけど大丈夫？☹』

(たったこれだけのために何分かかってるんだ……)

何度も画面を確認してしまう。返事なんて来るわけない。わかってるのに、また画面を見ている。不安神経症の症状に似てるな、なんて他人事みたいに考えて、そうだ、電波が入ってないとか。画面上部の電波マークは——しっかり立っていた。

新幹線が動き出す。窓の外で、東京の街が遠ざかっていく。何をやっているんだ、と思わずため息が出た。

（あ、もう京都過ぎてる……）

「NEXT Shin-Osaka」と表示された電光掲示を見て悄然《しょうぜん》とした。もらった弁当を食べて、しばらく生理学の予習をしていたが、いつのまにか寝落ちしていたらしい。相変わらず、昼間には強めの眠気が襲ってくる。

濃いめの緑茶で喉を潤し、再びタブレット端末に目を落とした。

『ＡＣＴＨは、下垂体前葉から分泌され、副腎皮質に作用し……』という文章を読んではみるものの、何度も同じ行を行きつ戻りつしてしまう。

（もっと集中しないと）

冬吾は軽く頭を振り、画面に戻った。次のテストで足を引っ張りたくはない。生理学は他の学生たちにとっても難しく、自分は決して成績が良いほうではない。だからこそ、今のうちに少しでも理解を深めておく必要がある。

気合いを入れ直したとき、スマホが震えた。

何気なく画面に目をやった瞬間、予想外の名前が飛び込んできた。

【八木くるみ：今、どこいる？】

（え……、なんで？）

くるみが、自分の居場所を知りたがっている。今までになかった事態に、疑問と逸《はや》る気持ちで指が震える。

早速返信を試みる。ここは、正直に、下心が見えないように簡潔に――

【京都と大阪の間ぐらい】

【八木くるみ：なんでそんなにざっくりとしてるん？】

【八木くるみ：今からばあちゃんち行かれへん？　午前中から電話に出ないねん。どうにかなってないか心配なんやけど。うち今から面談なんよ】

【わかった。心配だよね】

くるみが母方の祖母をいたく慕っていると、このみも言っていたし、くるみ本人からも聞いた。そんな祖母が一人暮らしをしている、とも。連絡がつかないのは不安になるだろう。

新幹線が減速する。冬吾は足元に置いていたリュックを掴むと、乗降用のデッキへ向かった。

【詳しい住所教えてもらっていい？　おばあちゃんちって、前に言ってた草森駅の近くだよね】

早足になりつつ返信すると、八分後に回答があった。

【八木くるみ：ごめん、母親と間違えた。兄ちゃんか】

（やっぱそうか）

くるみが自分を頼っていると、期待してしまったのが恥ずかしい。そういえば自分の番号は彼女のアドレス帳に登録されていないんだった、と今更ながら気づいた。

とはいえ、乗りかかった船だ。冬吾は続けて返信した。

【でも、とりあえず見てくるね。だいたい一時間ちょっとかかると思うけど】

送ると、すぐに返信が来た。

【八木くるみ：なんであんたが行くねん】

【さっき行くって言ったじゃん。もう特急乗っちゃったよ。つぎ尼崎《あまがさき》だって】

さきほど新大阪《しんおおさか》を降りる前、乗換案内を検索したらジャストタイミングで特急の乗り継ぎがあった。逃してはならない、と駅構内を急ぎで乗り換え、車内で特急券を購入した。今も特急に乗りながら返信している。

【八木くるみ：早っ！ いや、さっきは送り先間違えただけやって。オカンもよく変な絵文字使うから】

【お母さんから、返信あった？】

【八木くるみ：まだ。仕事中なんかな。携帯みれへんのかも】

車窓の景色が都会から郊外へと変わっていく。

自分でも衝動的過ぎると思うし、「間違えた」と言っているのにゴリ押しするのは独善だとわかっている。

でも、放っておけない。誤送信でも、くるみのＳＯＳが自分に届いたのだ。

冬吾は乗り換えを急いだせいで流れる汗を拭いながら、もう一度返信を打った。

【何かあったら早めのほうがよくない？　おばあちゃんひとり暮らしなんでしょ？】

【八木くるみ：何もなかったら兄ちゃん不審者やあああやば、教授呼んでる】

【怪しいって思われたら、くるみの友達って言うから。それじゃ、面談頑張ってね】

一分後、グーグルマップのリンクとともに、短い文章が送られてきた。

【八木くるみ：ごめん……、お願いします】

☆

見慣れない風景が流れ去るのを眺めながら、冬吾はスマホの地図アプリを開いてみるが、表示される地名のどれもがピンと来ない。

ここ三十分、くるみからの連絡はない。面談で相当話が弾んでいるのか。勢いで請け合ったものの、状況は全くの意味不明だ。

（これでいいんだよな……？）

そもそも、くるみの祖母とは面識がない。行ったところでどの女性が祖母なのかわからなければ、対処のしようもない。それでも、くるみの不安が短い文でも伝わってきて、居ても立ってもいられなかった。

大きめの駅で特急から各駅に乗り換え、目的の駅で電車を降りた。想像以上に田舎《いなか》の駅で、あたりには人っ子ひとり見当たらない。もちろん降車したのは自分だけだった。

「で、家の場所は……」

スマホを再び手に取って地図を確認するが、電波が不安定で読み込みが遅い。見当がつかないまま、駅前の二つの細い道を見比べる。

「南のほうだから、多分こっち！」

思い切って右側の道を進むことにした。

道は舗装されているものの、古びていてあちこちに亀裂が走っている。歩きながら、少しずつ疑念が湧いてきた。どこまで行っても似たような景色が続くだけで、目立つ建物もない。畑が広がり、道端にちらほらと古い住宅が立っているが、目印になるようなものが一切ない。

（やっぱもう一本の方だった……？）

歩くほどに不安が募り、次第に自信を失っていく。最後の意地みたいに降り注ぐ強めの日差しが、体力をすり減らしていく。

ようやく、道の先に古びた一軒家が現れた。山を背負うように斜面に建ち、敷地は広い。初めてなのに郷愁を覚えるような古民家だった。

冬吾は立ち止まり、少し息を整える。

（……これか？）

自信はないが、進むほかに選択肢はなかった。坂を上り敷地に入る。

「こんにちは！」

冬吾は声をかけたが、家の中からは何の返事もない。

出かけているのか、とも思ったが、玄関先には家主のものと思《おぼ》しき軽自動車が駐《と》まっていた。家の周辺には何もないから、どこに行くにも車は必須だろう。

（まさか……）

都市部であっても山間部であっても、事件に巻き込まれてないとも限らない。

焦りが背筋を通ったとき、ふと近くで犬が鳴いているのに気づいた。小型犬の高いそれとは違う、野太い遠吠《とおぼ》えだ。

建物の裏側まで来ると、斜面の上方にいる声の主――白と黒と茶色がまだらに混ざった、いかにもな雑種犬を発見した。

雑種犬は冬吾の姿を認めると一目散に駆け下りてきた。

「うわっ⁉」

犬が飛びかかってきた。思わずのけぞると、冬吾のジーンズの裾をパクッと噛んだ。

そして裾を咥《くわ》えたままぐいぐいと斜面の方へ引っ張った。

建物の屋根と同じぐらいまで登ると、急に視界が開けた。綺麗に整地され、畝《うね》の高さのそろった畑があった。

犬は服を離すと、畑の奥に設《しつら》えられた簡素な小屋の前までひた走り、立ち止まって再び吠《ほ》えた。

駆け寄って小屋の周りを確認する。小屋の日陰で、麦わら帽子をかぶった年配の女性が壁に身を預けるようにしてしゃがみ込んでいた。

「大丈夫ですか⁉」

顔を覗き込んで呼びかける。大きめの口、とろんとした二重まぶた、顔は小さくネルシャツに作業ズボンという格好でもどこか垢抜《あかぬ》けている。くるみの祖母だと直感した。

冬吾は祖母の体を支えながら、その熱さに思わず息を呑んだ。背筋を伸ばし、ゆっくりと呼吸を整えようとしたが、脱力していて上手くいかない。彼女の顔は赤く火照っており、唇はかすかに乾いていた。

「大丈夫ですか？」

今一度尋ねると、彼女はかろうじて頷いたが、こちらを捉えた視線が不審げに揺れた。

冬吾は慌てて言い添える。

「ええと、お孫さん、くるみさんとこのみさんの知り合いです。彼女たちの代理で来ました」

「動けんのや、もう……だるうて……」

祖母は苦しそうにそう呟いた。声は弱々しいが、意識はある。

だが、楽観はできない。軽い熱中症で済めばいいが、このまま脱水が進行すれば予後に関わるだろう。一年生のときに受けたBLS（Basic Life Support ― 一次救命処置）講習の、基本的な知識と簡単なシミュレーションを必死に思い出す。

「ちょっと、お水取ってきます！」

手元のスマホを握りしめながら、母屋のほうへ走り出す。

その間に救急車を呼ぼうとしたが、何故か繋がらない。電波は不安定で表示されたアンテナはほとんど立っていない。

「頼むから、繋がってくれ……」

心の中で何度も祈りながら母屋にたどり着くと、玄関の扉を押し開け、一気に台所へ駆け込んだ。

すみません、と口に出してから冷凍庫と冷蔵庫を同時に開けた。水の入ったペットボトルと保冷剤を手に取って、手拭き用のタオルに包んだ。

冷蔵庫を閉めると、扉にクリーニング店の優待はがきがマグネットで貼ってあった。住所を把握していなければ、救急隊も位置を特定できない。はがきを手に取り、くるみの祖母の名前と住所を確認した。「兵庫県」から始まる住所と「上田俊子《うえだとしこ》」と書かれた宛名。それらを視覚ごと頭に叩き込む。

ほぼ同時に救急センターと電話が繋がった。だが、

「申し訳ありませんが、現在すべての救急車が出払っています。到着まで非常に時間がかかる見込みです」

「そんな……！」

季節外れの猛暑で、学校などの施設を中心に熱中症の通報が相次いでいるという。助けが来るまで、どれくらい待たされるかわからない。冷や汗が背中を伝い、心臓が再び高鳴る。

焦りを必死で押し殺し、次にすべき行動を考えた。

「そうだ、タクシー」

玄関に向かうと、埃被《ほこり》った電話帳を見つけた。市内のタクシー会社にかけるが、こちらも台数不足で対応できないとのことだった。冬吾は一瞬、絶望感に襲われた。

「あーっ、もう、どうしたら……」

わからないまま畑に戻ると、俊子は相変わらず動けずにいた。

持ってきた水を少しずつ飲ませ、保冷剤を脇の下や首筋に当てた。ワンワン、と犬が心配そうに二人の周りを動き回る。

「この近くに、病院ってありますか？」

「隣の集落に、小さいけど、先生が……」

その時、スマホの地図がようやく読み込まれた。近くに医院があることを確認する。位置は、今の場所から歩いて行ける範囲だ。空を見ると、不幸中の幸いか今は曇っており、直射日光はしばらく避けられそうだ。

「そしたら、俺が病院に連れて行きます」

俊子は小さく頷き、息をついた。

「上田さん、少しの間、我慢してくださいね」

冬吾は、彼女を背負う決心をする。大丈夫、運動は苦手だけどわりと最近までデブだったから、筋力だけは自信がある。

俊子の体は見かけより重かったが、それでも、途中で倒れるわけにはいかない。慎重に彼女を背負い、医院へと向かって歩き始めた。

アップダウンの激しい道に、足元がぐらつきそうになる。だが、前を見据えてひたすら歩く。自分にできることは、それだけだ。少しでも早く着かなければ——その一心で足を動かす。俊子の息遣いが背中に伝わるたび、心がかき乱された。

（がんばれ、あと少し……！）

ようやく医院にたどり着いた頃には、額から首に汗がつたい、呼吸が荒くなっていた。

玄関の扉を押し開け、待合室に入る。受付係が駆け寄ってきた。

「あの、この方、農作業中に倒れたみたいなんです、よろしくお願いします……！」

☆

『――やから、――せなあかんで』

『ほんなら、――やし――』

誰かが喋っている。馴染みがあるようで距離のある、関西の訛り。柔らかな響きのそれに揺られ、徐々に眠りから覚めていく。

線香の匂い、横たわった畳の感触、ガラス戸の向こうの漆黒の闇、そして自分に背を向けて座っている女の子の細い背中。

ここは、くるみの祖母宅の仏間だ。

「おかえり……」

冬吾は寝転んだまま、薄く開いた目でぼんやりとくるみの姿を見つめていた。

彼女がこちらを振り返り、微笑んだ。

「起こしてしまったか。ごめんな」

「ううん、大丈夫だよ」

「今回は、またえらい大変やったな。ばあちゃんに聞いたで」

くるみは頭を下げ、心底申し訳なさそうに言った。

（……って、なんだっけ？）

夢うつつの頭で今日の出来事を整理する。

今日は、東京駅から新幹線に乗った。その後、寝落ちしてたらくるみのおばあさんの様子を見にいくことになって、見つけたらなんか倒れてて、病院におんぶしていって、点滴してもらって帰ってきた途端、糸が切れるように眠りこけてしまって——

「兄ちゃんには、助けられてばっかりや」

冬吾は起き上がる気力もなく、仰向けで天井を見ながら答えた。

「俺だって助けてもらったし、おあいこだよ」

「……兄ちゃんのそういうとこ、意外と医者に向いてそうやな」

「意外って……。まぁ、そうかもだけど……」

仏間の静けさが二人を包む。遠くで虫の声が響き、夜の気配が広がっていく。

「病院までおぶってったって聞いたけど、車、使わなかったん？　庭先に駐まっとったやろ?」

くるみが不意にそう問いかけた。

「免許、持ってないんだ」

「まだ取ってないんか。忙しそうやもんな」

冬吾は苦笑しながら、少し頭を動かしてくるみの顔を見た。

「まだっていうか、親に止められてる。車の運転なんかしたら、あんた絶対事故起こすから、ってさ」

「それはまぁ……」

何故かくるみの顔が曇る。

「そんなんで将来棒に振ったらどうすんの、って言われて。まぁ、確かにそうかもしれないしね。俺、乗り物好きだけど、事故起こさない自信ないし」

「そうか。兄ちゃんがそれで納得してるんならええか」

納得なぞしていないが。冬吾は少し身体《からだ》を動かし、横向きになってくるみの姿に目を配った。

彼女の横顔は、いつもの快活さが影を潜めていた。口元に浮かぶ笑みも届かず、何かを押し殺しているような——そんな表情に、冬吾は胸を掻き立てられた。

「面談、長かったんだね」

くるみが自分を頼らざるを得なかった理由。そのことを持ち出すと、くるみはぎこちない笑みを浮かべた。

「そうやな。まあ、長かったわ」

「何の話だったの？」

「……兄ちゃんには、迷惑かけたし、言わなあかんかな」

迷惑なんて思っていないが、「うん？」と適当な相槌で先を促した。

「うち、留年しとるやん。その原因ってか、きっかけになったことがあって……」

「原因？　何があったの？」

一瞬、くるみの視線が躊躇いがちに下がる。

「え、あ、そんな、無理に言わなくていいし。全然。ほら、高専って留年多いんでしょ。だから気にするようなことじゃ……」

くるみは首を振り、冬吾の話を遮る。

そして意を決したように、静かに言葉を続けた。

「実はな、うち、同級生の子に告白されて、断ったんよ。そしたらその子が……まぁ、しばらく学校来なくなるくらいのことが起きてしまって……」

昼の熱を残していた空気が、急に冷たく感じられた。胸の奥が凍りついていく。

「兄ちゃんの友達の、田中さんやっけ。あの人すごいな。うちにあったこと、だいたい言い当てたわ。それだけ、よくある話なんかもしらんけどな」

くるみは苦く笑った。

裕翔が何を言ったのか。全く聞いていないし、一度会っただけの裕翔がくるみの内情を言い当てたなんて。偶然だろうけど少し悔しい。

「ざっくり言うとな、去年の今頃なんやけど。うちがフッた男の子が、睡眠薬たくさん飲んで病院運ばれて、大騒ぎになってん。そんで、書き置きにうちの名前があったらしいねん」

淡々と語るが、声の端々に傷の疼《うず》きが窺える。

「結局、回復して退院できたんやけど、学校やめてな。まぁ、そうなると、うちのせいや－みたいに言う奴とか、変な目で見てくる奴とかが出てくるやん。そうでなくてもいろいろチラついてな。ちょっと、しんどくなって学校休んだんよ」

「そうだったんだ……」

それが精一杯の反応だった。

何か言いたかったが、何も浮かんでこなかった。

くるみはそのまま話を続ける。

「もちろん、『気にするな』って言ってくれる人も何人もいたよ。ってか、同じ寮の子らはだいたいそうやったな。でもあかんねん。わかってるのに、気が散って授業に集中できないねん」

　その声には、当時の辛さが滲んでいた。周りが何を言っても、自分の心の中に巣食った不安や恐怖は、簡単には消えないのだろう。

「……その男の子とは、えーと、ただの友達だったの？」

　慎重に尋ねた。くるみがその男の子とどういう関係だったのか、一連の話からは推測できなかった。

「友達……、まぁ、そうやな。付き合ってはおらんし、たまに学食で顔合わせて喋る程度やな。科もちゃうかったし、告白されたときも『え、なんで？』って思ったぐらいや」

「それなのに、付き合えないってなったら、そんな騒ぎ起こすって……」

「まぁ、思い詰めてまうタイプやったんやろな。書き置きにも『八木さんが優しくしたから、僕の人生はおかしくなった』って。他の女の子とは上手く話せんけど、うちなら緊張もしないし。たまたま、たまたまや。たまたま一番近くにおった女の子がうちだっただけ。特別うちがよかったとか、そんなんじゃないねん」

　違う、と強く否定しかかった。

「自分が特別な存在だったのではない」とくるみは言うが、そんなことはないだろう。

　くるみが持つ明るさや強さが、太陽のような笑顔が、他人を思いやる優しい気持ち

が、あまりにも魅力的で、尊くて、心を動かされずにいられなかったんだろう。多少はその男の気持ちもわかる。わかる、けど、

「おかしいよ、それ」

冬吾は思わず口を開いてしまった。

「くるみは悪くないじゃん。フラれてショック受けたのはわかるけど、当てつけみたいに手紙で名指しするとか。そんだけ好きだったくせに、なんでくるみが嫌がるようなことするの？」

少なくとも久美子に失恋したとき、自分は彼女が傷つけばいいなんて思わなかった。彼女が彼氏と仲睦《なかむつ》まじくしているのは見るに堪えたが、普段の様子で、学校内の行き来で、辛そうにしている姿なんてかけらも望んだことがなかった。

くるみは、静かに首を振った。

「どっちが悪いとかやないんよ」

「でも……」

「強いて言えば、タイミングが悪かったんやろな。少しでも何かがずれてれば、あんなことにならんかったかもな。うちもあの子も、少しでも違ったら……」

くるみは遠くを見て話した。

驚いたし衝撃も受けたが、彼女が嘘をついているとは少しも思えなかった。

くるみは怖いんだろう。他人に好意を寄せられることが。興味を持たれることが。だから、初めて会ったとき、名前を教えてくれなかったし、忘れろと言った。なのに、困っている人を見過ごせなくて、自分に声をかけた。

場当たり的で、矛盾している。だけど、その行動に自分は助けられた。

だから――

「まぁ、こんなん、真っ当に生きてきた兄ちゃんにはお耳汚しやったやろ。ごめんな、暗い話して」

最後は、自分自身を納得させようとしているようにも、この場を無理やり終わらせたいかのようにも聞こえた。

黙っておけ、言わなくていい、と事なかれ主義の自分が主張する。けれど辛い出来事を隠さずに、問われるままに教えてくれた人が目の前にいるから、これ以上抑えておけなくなった。

「俺……、そんなちゃんとした人じゃない」

冬吾は顔をそむけて、呻くように言った。くるみが驚いた表情で冬吾を見据える。

「えー？　何やねん、急に」

「俺だって、実は、昔……、警察のご厄介になったことがある」

夜が更けていく。

時折、外から虫の音が響くが、それさえも遠く感じられるほどの静寂。

仏間の中で、冬吾は仰向けのまま天井を見つめ、意を決して話し始めた。

「小三の頃だったかな……。放課後、友達と『たまにはかくれんぼしよう』って話になったんだ。十人以上はいたと思う」

「うん」

「最初は普通に遊んでたんだけど、俺、すぐに見つかっちゃうタイプでさ。他の子にからかわれたのか、なんかムキになって、『絶対見つからない場所に隠れてやろう』って、変なスイッチ入っちゃったんだ」

その時の記憶が鮮明に蘇ってくる。秋の終わりの、思いがけず暖かい午後。1，2，と数える声も、鬼役の男の子のジャージの色も覚えている。

「で、図書室に行ったんだよ。同じ階の端っこにあったんだけど、公立小学校の図書室だから常駐の先生はいない。けど、貸出カウンターみたいなのがあって、その下に潜り込んだんだ。それでさ、近くに『ああ無情《むじょう》』があってさ、へんな題名だな、って気になって読んだんだよ」

「かくれんぼ中に？」

「そう、かくれんぼ中に。『ジャン・バルジャン、どうなっちゃうんだ？』って夢中で読んでたら、かくれんぼしてることを忘れちゃったんだ。それで、最後まで読み終わったら、もう周りが真っ暗になってた」

くるみは目を見開き、半ば信じられない様子で口を開いた。

「え、ちょい待ち。先生とか見回りに来んかったん？　一緒に遊んでた友達はどうしたん？　そんな真っ暗じゃ、本も読まれへんやろ？」

「それがさ、ちょうど非常灯の明かりが机の下に差し込んでて。先生たちは来たのかもしれないけど、見つけられなかったんだろうね。俺も本に没頭してて気づかなかった。友達は俺が先に帰ったと思ってたみたい」

「うそやん……」

くるみの困惑した表情を見て、冬吾も苦笑いを浮かべた。自分でも信じられないが、実際の出来事だ。

「で、気づいたときにはパニックだよ。真っ暗で、誰もいなくて、すごく怖かった。図書室は内側から鍵が開いたから出られたけど、一階の昇降口は全部ロックされてて、出られなくてさ。動き回ってるうちに、警報が鳴っちゃって、さらにパニック」

「それでどうなったん？」

「数分後に警備員さんが来たんだ。でも、俺もガキだったから、助けに来てくれたって思えなくて、警備員さんから逃げ回った。そしたら、職員用の玄関が開いてるのを見つけて、上履きのまま外に出て、出たら校庭の向こうにパトカーの赤いランプが見えたんだ。そのパトカーのそばで話してるのが、警察の人と、担任の先生、そしてうちの母親だって気づいた」

「なんか、えらい大ごとやな」

「そう。家に帰ってこないから、母親が警察に相談して、みんな捜してたみたい」

母親の他にも、同級生の家族が何人か来ていた。それでも、自分の母親は遠目でもすぐわかった。

「俺、母親を見てすごくホッとしたんだ。もう怖くないって。で、駆け寄って『お母さん』って呼んでそばまで行ったんだけど……」

「ああ、良かったな」

「ううん、『アンタ何やってんの!』って。思いっきりビンタされた」

くるみが「ひっ……」と小さな声を漏らした。

「いや、わかるんだよ。俺が迷惑かけたのも、心配かけたのも。先生も警察の人もわざわざ来てもらってさ。『ごめん』って言ったけど、お説教の途中から泣き出しちゃって。先生と警察の人が『まあまあ』って言ってようやく収めてくれた」

話が徐々に脱線しているが止められなかった。

いまだに思い出すだけで動悸がする。母親が笑顔でも、あのときの我を忘れた形相がちらつく。そのあと同級生と距離ができたことも含めて、冬吾にとっては大きな心の傷となっている出来事だ。

「……あのさ、兄ちゃん、身内のこと悪く言うつもりはないんやけど」

その声には落ち着きと、微かな緊張が交ざっていた。

彼は目を閉じ、続きを待つ。

「百歩譲ってやで。オカンが怒り狂うことで、他の人のヘイトっちゅうか、矛先が兄ちゃんに行かんかったたって面もあるんかなって。にしても、感情的すぎひん？　兄ちゃんそのとき十歳かそこらやろ」

「早生まれだから、八歳かな」

「八歳か。そのあと、家に帰ってからオカンからなんかフォローあったの？」

「よく覚えてないけど、寝るまでほとんど喋んなかったと思う。話しかけるのも怖くて、ずっと黙ったまんまだった」

学校での出来事は鮮明に記憶しているが、帰宅後の顛末は対照的におぼろげだ。それでも、母親が非常に不機嫌で、深夜に帰ってきた父親とも言い争っていたことだけは、何故か忘れられない。

くるみは深くため息をつき、それから呟いた。

「兄ちゃんは、ぶっ壊れたスーパーカーやな」

「え、どういうこと？」

「ボロボロの車体に、エンジンだけフェラーリの積んでるみたいな。脳みその馬力に、体とか注意力とかが追いついてないんやろ。だから頭ええのに簡単なこと間違えたり、疲れやすかったり、ブレーキ利かんくてトラブル起こしたりする」

その通りだ、と驚いて見上げると、目が合ったくるみが微笑んだ。

「そのときも、ホントは『無事でよかった』って、『怖かったね』って、抱きしめてほしかっただけなんちゃう？」

「う……ん……」

十年以上も前の出来事だ。引きずるほうがおかしいのはわかっている。だが、幼い頃の自分が今も心の奥深くにいて、ずっと誰かが来るのを震えて待っていた気がする。

そして今、ようやく「誰か」の声が届いた。

声が、抑えていた想いを強く揺さぶる。彼女は恋人でも家族でも、ましてや母親なんかじゃない。でも、その温かさを感じたかった。抱きしめてくれなんて言わないから、少しだけ、せめて指先だけでも――

「あと、さっき『事故起こしそうで怖くて免許も取ってない』って言ってたよな」

唐突に話題が切り替わり、冬吾は慌てて手を止めた。

「言ったね」

「でもな、最近の市販車はすごいんやで。衝突回避とか自動ブレーキとか、どんどん進化してる。一説には自動運転車同士だと九割近く事故が減るだろうとも言われててな。だから、うっかりさんの自覚あるなら、そういう車乗るのも手やで」

「でも……」

反論をくるみが遮る。

「わかる。オカンのことやろ。でもな、やるなって禁止されるのと、自分で選択してやらんのは違うやん。教習所通って、『やっぱこれ無理そ』ってなったら諦めたって遅くない。兄ちゃんももう大人なんやし、親の言うことなんでも聞かなあかんのと違うやろ」

自分の甘えも、親への依存も、見透かされているようで恥ずかしい。

少々手厳しいけれど、親身になってくれている。だから、ずっと耳を傾けていたくなるんだろう。

「兄ちゃんのこと心配で、可愛くて仕方ないってオカンの気持ちもわかるねん。でもな、親はいずれ子離れせなあかんもんなんやで」

案外、そうなるんを期待してたりしてな、とくるみが笑う。先ほど止めた指先に、一瞬熱がかすめた。

気まずさを誤魔化すように、冬吾は思いつきを口にした。

「くるみ、クルマ好きなんだね」

「今更気づいたん？　遅っ」

「なんか、楽しそうに話すから」

「うちな、将来は自動車の会社に入りたいねん」

「……初耳かも」

　驚く冬吾に、くるみは照れくさそうにそっぽを向いた。

「まぁ、実現するか微妙やし、あんま言ってない。でもな、ほら、事故でしんどい思いした身内がおるやん。だから、事故の起こらん車とか、多少体が不自由でも運転しやすい車とか、そういうのがあったらええなって小さい頃から思っててん」

　しんどい思いをした身内――このみのことだ。

　このみが遭った事故は、本人だけでなく、双子の姉であるくるみにも多大な影響を与えている。改めて気づかされた。

「そういうことがあったら、車嫌いになったりしないの？」

「不思議とせぇへんかったな。実はな、このみが病院行ったりきたりしてた頃、うちはばあちゃんに海とか山とか、車でいろんなとこ連れてってもらっててん。それが楽しくてなぁ。事故のことは車が悪いんやなくて、それこそタイミングが悪かっただけって思ってる」

　前向きにも懺悔《ざんげ》しているようにも聞こえる告白に、冬吾の中でかちりと符合するものがあった。

「そうか。だから、高専に……」

「うん。ま、メジャーな会社の研究とか開発入るのは教授推薦で年に数人って話やけどな。でも、他のルートよりよさげやな、って猛勉強して入ってん。とはいえ、オトンとオカンにはビビるほど反対されたけどな」

「なんで？　あの、普通の進学校入るより、全然ムズくない？」

「あんまその辺興味ないんやろな。それよか、あれよ、このみのことよ」

冬吾は「あ……」と呟くことしかできなかった。

「『このみはどうするねん』『さみしい思いさせるやろ』って、引越し当日まで言われたわ。このみも内心反対してたみたいやな。でも、ばあちゃんだけはずっと応援しとってくれて、受験もここんちからしたし、寮費もばあちゃんが出してくれててん」

「そんなにお世話になってるんだ」

くるみは深く頷いた。

「だから、うちは、何があっても退学するわけにいかんねん」

固く握られた拳に、強い決意とそれまでの苦悩が浮かぶ。

自分と似ているようで、全然違う彼女の境遇。彼女のように目標を持って、力強く前に進むことが自分にはできていない。そのことが、手のひら一枚分の距離を詰めるのを躊躇《ちゅうちょ》させる。

もう少し、あと少しきっかけがあれば、変わるかもしれないのに――

「すこし、喋りすぎたな」

くるみが立ち上がり、静かに言った。

「明日も早いんやろ。ゆっくり休みぃ。お風呂も沸いとるし布団もあるからな」

冬吾は彼女の労《ねぎら》いに頷きながら、仏間の畳の感触を感じて目を閉じた。ふと、今にも誰かがこの手に触れてくれるのではないかという期待を抱いたが、すぐにそれは叶わないと知った。

くるみが部屋を静かに出ていく。

眠れなくなりそうな事ばかり聞いたのに、昼間の疲労がまだ体全体に残っていて、気怠さに引きずられるように意識は薄れていった。

☆

次の日の朝。

「ほんまに、昨日はありがとうございました。おかげで随分よくなってきてます」

孫とほぼ年の変わらない冬吾に、俊子は丁寧に頭を下げた。冬吾は恐縮しながら

「お気になさらず」と答えるしかできなかった。

　庭に出ると、朝の空気はまだ冷たく、しっとりとした霧が漂っていた。

　冬吾はこれから広島に帰る。夏休み明けの初日から遅刻なんて洒落《しゃれ》にならない。始業に間に合う新幹線に乗るため、最寄《もよ》り駅までくるみが車で送ることとなった。

　初心者マークをペタッと貼って車に乗り込むと、くるみはエンジンをかけ、車は滑るように走り出した。歩くと果てしなく思えた道も、車だとあっという間だ。

　駅舎の前に駐車する。冬吾がリュックサックを抱えて車から出ると、運転席から降りたくるみは鍵をかけながら言った。

「昨日の話やけど、かくれんぼ事件のとき以外も、迷子によくなってたん？」

「そうだね……。何回かあったよ。でも一番大騒ぎになったのは、そのときかな。なんで？」

「いや、あれって、それがきっかけで作ったのかなって」

　あれ、とか、それ、とか代名詞が多くてよくわからない。

　首を傾げると、くるみは「なんでもない」と話をうやむやにした。

　改札のない駅舎を通り、ホームに並んで電車を待った。

　早朝の澄んだ空気が頬を刺す。風はすでに秋の冷たさを帯びていた。

周囲には人の気配がなく、かすかに鳥の鳴き声が聞こえるだけ。非現実的なまでに静まり返る中、徐々に、だが確実に、電車の音が近づいてきた。

「そんじゃ、えらい世話になったな。ほんま気ぃつけて」

「うん。……また冬休み会おうね」

無難な誘い文句。だがくるみは苦笑いで首を振った。

「さすがに、もう二人で平気やろ。若い者同士、水入らずで会ったらええやん」

(そうじゃ、ないんだってば)

苛立ちにも似たショックが募る。

昨日、話して明確に気づいたことがある。思えば最初からそうだった。ライブで声をかけたのも、ここまで来たのも、究極に言えば線路に飛び降りたのだって、理由は一つしかない。それでも目の前にいる人の本心はすでに隠されて、遠回しな伝え方じゃ意味がないのかもしれない。

電車が近づく音が、ますます大きくなってくる。だったらもう、やるしかない――

「あのさ、くるみ」

意を決して、冬吾は口を開く。

電車がホームに入ってきた。くるみが振り返る。

「なに」

彼女の表情は、眠たげに曇っている。以前にもこんなシチュエーションがあった。五月の連休だ。残る彼女、去る自分。早口でたくさん言い訳したけど、後悔するぐらい大事なことは言えなかった。

（あのときみたいには、ならない）

冬吾は反射的に、くるみの肩を掴んだ。くるみは一瞬驚いた顔をしたが、そのまま目を見つめ返してきた。

「僕が好きなのは、く……君なんだ」

くるみの瞳が困惑に揺れた瞬間、冬吾はハッとした。

もしかして、自分はとんでもないことを言ってしまったんじゃないか、と。


➡ちょっと待って！　そういうことはＴＰＯが大事だよ！　Ｔ（時間：早朝）、Ｐ（場所：無人駅のホーム）、Ｏ（場合：会話の勢いで）……ああ、三つとも全部ダメ。

いや、そもそも「あいつと付き合っちゃえよ」って周りが勝手に盛り上がるノリが苦手なんだよ。昨夜あんだけ俺の気持ちわかってくれたのに、なんで肝心なとこだけピントがズレてるの？　一応本人の意思確認して？

あー、もう、ほんとなんでいつもこうなるの。後先考えずに行動して、あとで頭洗ってるとき「あーっ!!」って叫ぶの、もういい加減やめたいのに。

ああ、でもまだ何も言われてないし、ワンチャン挽回《ばんかい》できそじゃない？　Ａ「なーんてね、ハハッ」Ｂ「……って言ったらどうするの」好きな方選べ、俺。うん、Ａはちょっとチャラい感じするから、Ｂの方がスマートだな■（00′02″16）

「……どういうことやねん、それ」

くるみの震える声が、一歩早かった。作戦、失敗。

「いや、違う……」

咄嗟に言い訳しようとするが、まとまらない。何をどう言ったところで、くるみの目はすでに拒絶を表していた。

「このみのことはどうするねん！　あんた、あの子の気持ちわかってるんやろ？」

「……はい」

「わかってるんなら、そんなこと言わんといて！　冗談でも聞きたないわ！」

「え、ちょっと待って！」

引き止める間もなく、滑り込んできた電車のドアが開いた。

乗客のまばらな車内が視界に入る。くるみは手を振り払うと、車両に向けて冬吾を強く押した。

「ちょっ――！」

声にならない叫びが、閉まるドアの隙間に消えていく。窓越しに見えるくるみの細い背中が、出発と同時に遠ざかる。

（え、ええええ……）

冬吾は座席に崩れ落ちた。頭の中は混乱し、気持ちの整理もつかない。だが電車がスピードを増すごとに、抱えた頭のままのたうち回りたくなった。

やっちまった。

あまりにも軽率が過ぎる。

多分、勘違いしていたんだ。昨日のノリで「うち、無神経なこと言うてたな」「そうやったんか。すまんな」みたいに、返事はともかく気持ちは受け入れてくれるんじゃないかって。くるみは何よりも妹優先だって、わかっていたはずなのに。

それは、やっぱり昨日のことが原因だ。あそこまで赤裸々に語ってくれるからには、自分に気を許してるって思い込んでた。大事な家族と同じレベルじゃなくても、無下にぶった斬ったりしない程度には、親しい人として認められてると思っていた。

「死ねよ、バーカ」

考えが甘すぎて、子供のようなひどい自虐しか出てこない。

彼女に一方的な感情を寄せて、面倒を起こした同級生と変わらない。勝手に期待して、妄想して、都合よく行動を解釈して、自爆して絶望して。

昨日ずっと話の相手をしてくれたのは、身内を助けてもらったことに対するただのリップサービスだ。

それを真に受けて、エグいぐらい胸痛めて。

うっかり言わんでもいいこと言って、こんな早朝にフラれて。

滑稽・オブ・ザ・イヤー。なんていうか、さすが空気読めてない。彼女いない歴＝年齢の実力が遺憾なく発揮されている。

（ちょっと泣きそう、かも）

これで懸念事の対戦成績、〇勝二敗。一試合目は告白直前でテクニカルノックアウトだけど、今回はぐうの音も出ない完敗。開始三秒で必殺技喰《く》らって、そのまま再起不能コース。

でもでも、タイミングは悪かったかもしれないけど、どれだけ言ったたって「ダメだ」って跳ね返されてたかもしれないけど、結構、わりと、っていうか本気で、君のこと好きだったんだけどな――

窓の外に広がる丹波の山々が、霧に煙っている。

冬吾はその風景から目を逸らすように、ただ黙って目を閉じた。

【knm：滝沢さん、こんど、広島で大正文学を研究してる先生の公開講座があるんです。研究室訪問もできるみたいで、行ってみようかなって。ついでにす〜ちゃんが通ってた八丁堀《はっちょうぼり》の古本屋さんが閉店するかもって聞きました💧 写真集とか、直筆サインとか、まだ見たことなくて……。案内していただけないでしょうか💦】

【105：ごめん、今ちょっと忙しくて】

【knm：そうですか……。滝沢さんと聖地巡り、私ずっと楽しみにしてたんですけど。落ちついたら、教えてくださいね🌷】

スマートフォンの画面が暗転する前、このみは一週間前のやりとりを見返していた。「ごめん、今ちょっと忙しくて」という返信を最後に、彼からの連絡は途絶えていた。ベッドに横たわったまま、広島行きの新幹線予約サイトを開く。料金を確認し、日程を眺め、結局また画面を閉じる。

「行こうかな、やっぱり……」

呟きは、部屋に流れるお馴染みのダンスミュージックに紛れた。

パソコンの画面では、Bouquetのライブ映像が相変わらず鮮やかに輝いている。

スマートフォンが震える。母親からの着信に、このみは一瞬、応答を躊躇った。

「もしもし」

『このみ？　具合、どう？』

受話器越しの母親の声は、いつもの気遣いを滲ませていた。

「うん、全然平気」

『そう。お金の方は？　何か要るもんない？』

「ううん、大丈夫」

事務的な会話を交わしながら、このみは母親の声色の変化に気を揉んでいた。今の気持ちを詮索されないうちに、早く電話を切り上げたい。ところが母親の次の一言に息が止まりそうになった。

『そうや、この前な、お米もらいに丹波のばあちゃんとこ行っててん。そしたらな、ちょっと前に、くるみの彼氏らしい子があそこん家に来たらしいで』

「えっ？」

『ばあちゃんが具合悪くなって倒れたときに、その子が病院まで運んでくれたんやって。帰りは隣の大西《おおにし》さんが、二人を車で送ったたって、大西さん本人から聞いたわ』

聞いている間にも、心臓の鼓動が徐々に速くなっていく。

『背高くて、色白の男の子やって。黒髪で、ちょい口でっかくて。標準語で喋ってたらしいわ。大西さんいわく「くるみの彼氏ちゃうん？」って』

受話器の向こうで母親が語る一方で、心の中で靄《もや》が渦巻いた。母の言葉から浮かぶ人物像は、どうしてもこのみの知る男子と似通っていた。

「そう、なんだ」

『ほら、あの子いろいろあったやん。また変な男の子と仲良うなってなきゃいいけど。しばらくあんたんちおったやろ？　なんか聞いてへん？』

「ごめん、私、何も知らん」

精一杯の平静を装って電話を切ると、画面のライブ映像も再生が止んだ。

スマートフォンの画面に映る素っ気ない返信が、新たな意味を帯びて映る。

（――どういうこと？）

考えたくない推測が、頭の中を巡り続ける。

もし本当にふたりが――。だとしたら何故自分に何も言ってこないのか。でも黙っているということは、逆に何もないのかもしれない。でも、もしかしたら――

ベッドに倒れ込むように身を投げ出し、花火大会の日にもらった赤い頭巾のうさぎを強く抱きしめる。

「気のせい、よな？」

うさぎは何も答えない。だが、いつも変わらない丸い目が、自分をそっと励ましてくれている気がした。

ハインドサイト

「滝沢、海野《うみの》。何もいわず今日は俺のために飲んでくれ」

「ええけど……、どうした山崎《やまざき》、また追試増えたん？」

「何も言わないでって言ったじゃん。海野、軽率に俺の傷口えぐるのやめて……」

　金曜の夕方、その日の実習を終え、学生会館前で同じ学科の海野（山陰《さんいん》出身）と缶コーヒーで一服していると、やはり同じ学科の山崎（東京出身）が現れて盛大に泣き言を洩《も》らした。

「まぁ、いいですよね海野は優秀ですし。滝沢は？　おまえいま追試いくつ？」

「え……と、この前免疫学落としたから、今はいっこ」

　医学部の専門科目は、一つの科目につき数日間連続で授業を行う。その締めくくり（だいたい一週間後）に試験があり、パスすれば単位取得となる。

　やむを得ない欠席の場合は再試・単なる点数不足には追試があるものの、最終的に一つでも必修の単位が欠けていたら留年となる。

山崎は勝ち誇ったように口の端をつり上げた。

「おまえもこっち側の人間だな。一つ落とすとまた雪だるま式に増えるよー。あーやっと試験終わったーと思ったら速攻で次の試験始まるよー。追試の対策してるといまのに置いてかれるよー。どこにリソース集中させればいいのか、もうわかんねーよ。リボ払いの金利かよ」

「ほんなら、飲みに行かんと、勉強すればええじゃろ」

「そうじゃないんだ、海野。おまえも造り酒屋の息子なら、古今東西、酒の力がいかに偉大か知ってるだろ？　飲めば勉強も捗《はかど》るってもんよ」

ええけど一軒だけな、何言ってんだ朝までに決まってんだろ、会計おまえ持ちなら付き合ったる、ケチくせぇこと抜かすなボンボンが、おまえこそ開業医の息子で金持ってるやろが、いや地元の名士様には負けますって……と海山コンビの丁々発止を薄目で眺める。

（……元気だな）

心の中で呟くが、二人の会話に割り込む気力は微塵も湧いてこなかった。

「あ、ウーミンと山パン、それにもう一人……いたいた」

突如降ってきた女子の声に、冬吾は反射的に身構えた。

「もう一人って。マナティ、滝沢の扱いひどくね？」

山崎がツッコむと、マナティこと高城茉奈《たかしろまな》は冬吾を一瞥《いちべつ》し、「ああ、ごっちゃんね」とおざなりに応えた。

彼女が冬吾を小馬鹿にした態度をとるのには理由がある。茉奈には以前の恋の一部始終を知られているからだ。

また入学してすぐの学校行事のキャンプで同じ班だったのだが、冬吾の手際の悪さに盛大にブチ切れ、「女の子は怖い」というトラウマを植え付けた張本人でもある。

茉奈がスマホを手に二人へ問う。

「さっきバレー部の先輩から、統計の過去問データもらった。いる？」

「あ、ありがと！　ほんと助かるわ。エアドロしてもらっていい？」

山崎と海野がiPhoneを出してファイルを受信する。Androidの冬吾は三人のやりとりを何もせずに見守った。

「その代わり、今日これから焼肉奢《おご》って。今日飲みにいくつもりだったんでしょ」

しれっと茉奈が言うと、山崎は「ＯＫ」と安く請け負った。

「食べ放題とか、安いとこで済まそうとしないでね。ビールは白穂乃香《しろほのか》おいてあるところしか認めない」

「えげつない要求してくるじゃん。まぁ、たまにはいっか」

「寒ぅなってきたし、滋養のあるもん食うんはええかもね。そういう店なら希少部位扱っとるやろ。甘い脂を辛口の酒で流すの最高なんよな」

自分とは金銭感覚の違う三人が盛り上がっている。疎外感とすら呼べない隔たりを感じる。

不意に茉奈が視線をこちらに向けた。瞬間、弓なりに整えられた眉が怪訝に歪む。

「……なんか、ごっちゃん、太った？」

放たれた一言がクリティカルヒット。

確かに、夏休み明けから一ヶ月半、ずっとやけ食いばかりしていた。マシマシ、大盛り、おかわり……口にするものだけが、自分を少しでも満たしてくれる気がして。

「え、全然気づかんかった。大丈夫？　なんかあったん？」

海野が気遣いを見せると、茉奈は「ハッ」と一笑に付した。

「どうせ推しに熱愛が発覚したとかそんなとこでしょ。いいよ、気にしなくて」

言葉が出てこない。中らずといえども遠からずなのが質《たち》が悪い。

「まあ、アンタは焼肉、来なくていいから。テンション低いやつがいると興ざめだし、っていうか体調ぐらい整えておけっつうの」

「え……、あ、そうする……」

虚ろな笑顔で答えると、察しの良い海野と山崎は無理強いをすることなく、冬吾を送り出した。

マンションに戻った冬吾は、ドアを開けて部屋に入り、ため息をついた。

「――うわ、きったねぇ」

部屋の中は散らかり放題だ。テーブルの上には食べかけのプラ容器が放置され、洗濯物は椅子に山積み、床には本や服が散乱している。

最近、明らかに生活のリズムが崩れている。その証拠がこの部屋だ。

「片付けなきゃ……」

口に出してみても、体は動かない。

結局、ベッドに凭《もた》れてスマホを眺めるだけだった。ここのところ、何もかもやる気が出ない。追試の勉強もしなきゃならないのに、頭に入らない。家事も、学校生活も、何もかもが面倒くさい。

(このままでいいのかよ……)

焦りや不安も感じないわけじゃない。だけど体も心もコントロールできない。結局、自分は誰からも必要とされていないんじゃないかという感覚に押しつぶされる。

こんな自分でも、興味を持ってくれる人はいた。過去形じゃなくて、いる、かもし

れない、けれど、

『滝沢さん、すごいですね』

このみの真っ直ぐな羨望の眼差しを受けるたびに、誇らしくもあったが、怖くもあった。彼女が見ているのは、大きく映し出された自分の幻影。なのにいつかバレるとわかっていても、落胆されたくなくて、必死に取り繕っていた。

それ、に、

『兄ちゃんも、大変やな』

出会ったときは「変な子」と警戒していたけれど、自分を尊重してくれる優しさと、口ばっかりじゃない行動力に惹《ひ》かれた。惨めな過去もアンバランスな今も、全部打ち明けたくなるほどに。

だけど彼女に拒絶された。

自分がくるみを好きになればなっただけ、このみを想うくるみは苦しみ、自分を遠ざける。またこのみの自分に寄せる感情が強ければ強いほど、このみを通してくるみの姿を求めてしまう。自分たちは、どのみち成就するはずのない感情をそれぞれに抱えていたのだ。

わかっているのに、何故思い出してしまうんだろう。何故諦められないんだろう。別に二人がこの世のすべてじゃないと、頭ではわかっているのに。

自分で自分に嫌気がさし、ふとスマホを確認した。海野から先ほどの過去問が添付ファイルとして送られてきていた。

ありがとう、と返信文を打ち込んでいると、同じタイミングで電話がかかってきた。

【着信：河合寛子】

表示された名前は、陸の祖母だった。一応は連絡先を交換していたが、今までかかってきたことは一度もない。

「……はい、もしもし？」

恐る恐る応じると、電話の向こうの相手は心なしか早口で告げた。

『あ、冬吾く……じゃなくて、滝沢先生。出てよかった。あのね、落ち着いて聞いて』

そう言っている本人が落ち着いていない。もしや陸に何かあったのだろうかと予感しつつ、「はい」と答える。

『あ、あのね。滝沢さんが、あなたのお母さんが倒れて、救急車で運ばれたの。多分、脳卒中《のうそっちゅう》みたい』

その瞬間、すべての思考が止まった。

冬吾は陸の祖母からの電話を切ると、急いで駅に向かう準備をした。

東京行きの新幹線に飛び乗る。しばらくして、陸の祖母から次々にメールが届いた。

『お母さんは、ここ最近、休みなく働いていたみたいで。今日は有給休暇だったらしい』

『昼間は元気に買い物してたんだけど、夕方になってエレベーターで倒れた。ちょうど居合わせた住人が気づいて、すぐに救急搬送されたの』

『MRIが終わりました。脳梗塞《のうこうそく》らしいです。血栓溶解剤の使用に親族の同意がほしいとのことなので、先生に代わります』

脳梗塞なら、早期の処置がカギだ。同意すると返事をしながら、冬吾は自分に言い聞かせた。

（大丈夫……。血栓溶解剤が使えるってことは、時間は経ってない……）

だけど、最悪の事態だってあり得ることも知っている。

東京駅に着き、常磐線《じょうばん》に乗り換える。その間、冬吾はひたすらメールの返信を打ち、もどかしい時間が過ぎていった。

駅前でタクシーを捕まえて、病院に向かう。救急入口にたどり着くと、陸の祖母が待っていて、「冬吾くん、よかった、大丈夫だった?」と心配そうに聞かれた。

「すみません、遅くなりました……」

すぐに集中治療室のある階に案内された。冬吾の胸は今にも張り裂けそうだった。

案内された病室には、心電図モニターの電子音と、点滴に繋がれた母の無力な姿があった。

嘘、だと、言いたかった。

最後に会ったときは、しつこいぐらい自分を心配していたのに。すっかり窶《やつ》れた面持ちに、言葉を失った。

「あ……」

声をかけようにも、喉の奥に詰まって出てこない。このまま母が目覚めなかったら
――その考えが頭をよぎった瞬間、母の目がゆっくりと開いた。

「と……ご……？」

その小さな声に、冬吾は頷いた。母の目から涙がこぼれる。

「よかっ……」

それきり、母はまた目を閉じた。

形にできない感情が次々と込み上げてくる。抜け殻のような母の姿を見下ろしながら、冬吾はただじっとその場に立ち尽くした。

今年に入って何度目だろう。このみの体調不良、くるみの祖母の熱中症、そして今度は自分の母親。一番身近な人なのに、ただ無事を祈って、待つことしかできない。

「母さん……」

呟いた声は、自分でも驚くほど小さく、頼りなかった。

看護師がそっと背後から声をかける。

「もうしばらく休ませてあげてください。面会はこれで終わりです」

渡された面会用ガウンを脱ぎながら、冬吾は無理やり気持ちを整理しようとした。

「冬吾くん、大丈夫？　よかったらうちに泊まる？　息子は今日夜勤で、陸しかいないから、遠慮しなくていいのよ」

廊下に出ると、陸の祖母が気遣うように言った。

冬吾は軽く首を振った。感謝の気持ちはあれど、返す余裕はなかった。


マンションへ戻り、実家の鍵を開けると、夏に過ごしたままの風景が広がっていた。

玄関も、リビングも、何も変わっていない。台所には、母が買いだめしておいた食材が残っている。それが明日が普通に来ると信じていた証《あかし》みたいで、猛烈に胸が痛んだ。こんなにもあっさり、日常なんて崩れてしまうのに。

無力感に、ソファに身を投げだすとスマホを手に取っていた。

『母が倒れてい』

文字を打ちかけて、冬吾は息を止めた。夏を一緒に過ごしたあの子なら、きっと何も言わずに駆けつけてくれるだろう。

でも自分は、彼女のことを意図的に避けてきた。そんな相手に、今更都合よく助けを求めることなんて、

「——ダメだ」

画面を消すと、部屋に沈黙が広がった。


翌日、病院に戻った冬吾は、母の担当医との面談に臨んだあと、再び面会を申し出た。

許可を得てベッドサイドに向かう。母は微動だにせず眠っていた。

化粧っけのない顔は、驚くほど痩せて、老いていた。

「冬吾だよ。来たよ……」

その声は、もう母に届かないのだろうか。後悔と不安が、呼吸を浅くする。

自分がそばにいれば、もう少し早く通報できたかも。せめて、体調に変わりはないか、もっと頻繁に確認すればよかった。血圧は大丈夫？　脈とか飛んでない？　って。

自分はどうにかなるから、あんまり働きすぎないでねって。どうして言ってあげられ

なかったんだろう。

たった一人の家族、なのに。

居た堪れなくなって、制限時間よりも早く、そこを立ち去った。

エレベーターホールに向かおうとしたとき、聞き覚えのある声が冬吾を呼び止めた。

「おーい、待ってたぞ」

振り返ると、談話スペースのソファに、天パの若い男がふんぞり返るように座っている。

「裕翔……」

「昨夜のアレ、なんだありゃ。お前のせいで心臓止まるかと思ったぞ」

どうやら昨晩、凹《へこ》んだ勢いで裕翔に連絡をしていたらしい。冬吾は素直に「ごめん」と謝った。

「とりあえず何か食おうぜ。腹が減ってたらロクなこと考えられないからな」

普段と変わらない調子で言うと、裕翔は冬吾を連れて病院を出た。

通りは一足早く次の季節が訪れたのかと思うほど寒い。二人は目についた街道沿いのラーメン屋に入った。

「……ギリギリ間に合ったって感じか。良かったな」

冬吾はスープを一口啜った。あっさりめの醤油《しょうゆ》味。普段だったら物たりなく感じるそれが、今は疲れた心身にちょうどよかった。

「うん……でも、結構広い範囲が詰まってたみたいだし、多分まぁ、元通りってわけにはいかないだろうね。心原性だと重くなりやすいから」

説明を受けたときに、脳の画像を見せてもらった。左脳の皮質下に広範囲の病変があるようだった。担当医は明言を避けていたが、後遺症が出ないとは考えにくい。

「そしたら、仕事は……」

「とりあえず『しばらく休みます』とは言ってあるみたいだけど、早期の復帰は難しいと思う」

陸の祖母が方々に連絡を取った中に、母の会社の同僚もおり、その同僚から総務に休暇の申請をする手はずだという。

裕翔はらしくない口調で「つかぬことをお伺いしますが」と前置いてから言った。

「お前んち、親戚づきあいある方だっけ」

「全然。絶縁状態じゃないかな」

人伝《ひとづて》に聞いた話によると、その昔、父親との結婚に反対された母は、長野《ながの》の実家を飛び出すように出てきてしまったらしい。自分は祖父母の顔も覚えてないし、母のきょうだいやその子供（自分にとっての従兄弟《いとこ》）とは小さい頃に会った覚えはあるが、近年は没交渉で、連絡先も知らない。

「そっか、それじゃ……、大変だな」

裕翔は濁しているが、冬吾としてもずっと懸案している事柄だった。

頼れる親戚がいない。つまり、自分の学費や生活費、母の介護や治療にかかる費用、さらに実家の住宅ローンなどに加え、母の生活に関する問題などが、すべて唯一の身内である自分に降りかかってくる。

冬吾は肩を低く落としながら、ふっとため息をついた。

「……でも、なんとかしなきゃね」

そう呟くと、裕翔は少し考え込むように口を閉じたが、やがて明るい声で言った。

「まあ……、あんまり無理すんなよ。いっぱいいっぱいになる前に連絡しろよ」

親友の励ましに、冬吾は曖昧な笑顔を返すしかなかった。


「――どうしよ……」

このみは松戸駅のバスターミナルを探しながら、曇り空の下ひとり呟いた。

【陸：冬吾先生、おかあさんが急病で松戸に帰ってきてるらしい。脳卒中だったかな。一緒に、会いにいきませんか？】

昨日の夜、突如陸から送られてきたメッセージ。読んだ瞬間、このみは愕然とした。母親の急病――それが、親一人子一人の滝沢にとってどれだけ不安なことか。彼の心が心配になる。

だが、一方で滝沢から直接連絡がなかったことが、心の出口に引っかかっていた。とりあえず、陸も誘っていることだし、知り合いが辛いときに、少しでも味方になれたらそれでいい――、言い聞かせながら、やってきたバスに乗り込んだ。

停留所で降りてマンションへ向かうと、見知った顔が建物のエントランスから出てきた。

「おっ……」

田中裕翔。滝沢の昔からの友達で、スカイツリータウンで一度会ったことがある。

向こうも自分に気づいたようで、目が合った途端に相好を崩した。

「久しぶり。ええっと、ちょっと待って、当てるから。君は……くるみちゃん、じゃなくて、妹のほう。このみちゃん、だよね？」

「はい、お久しぶりです、田中さん」

「なんだ、君たち付き合ってたの？」

裕翔の軽口に、このみは小さく首を振った。

「そういうのではないんですけど……、他の知り合いと一緒に様子を見に来ました」

「ふーん。まぁ、今部屋にいるから、行ってみれば？」

裕翔はそう言って微笑んだが、陸抜きで家に行くのはやはり気が引けた。

そのとき、スマホにメッセージが届いた。

【陸：すみません、学校の片付けで遅くなるので、もう少し待っててください】

待てと言われても……迷う反面で、これは、またとない機会とも思えた。

ずっと、滝沢について考えてきた。いつも彼は親切で、曖昧で、そのたびに自分はやきもきとしてきた。

年下の陸は知らなくても、目の前にいる古くからの親友にだけは見せる素顔があるのかもしれない。

このみは思い切って声をかけた。

「あの、田中さん。お時間ありますか？」


「ごめんな、こんなとこで」

「いえ、松戸にこんな場所があるなんて知らなかったです」

二人は古い将軍家の屋敷跡の公園まで歩いてきた。

広大な敷地には芝生《しばふ》が広がり、晩秋の気配が肌に冷たい。裕翔が自販機で買ったミルクティーを差し出すと、このみは少し照れくさそうに受け取った。

「芝生って富の象徴だよな」と少々理解しづらいことを言う裕翔の傍で、このみは腰掛石に座った。

「で、話ってなに？」

「あの……滝沢さんのお母さんは、大丈夫でしたか？」

「そうねぇ。大丈夫ではないけど、まぁ、ひとまずはどうにかなった感じかな」

よかった、と胸をなでおろす。裕翔が「聞きたかったのってそれ？」とばかりに首を傾げたので、このみは補足を言い添えた。

「実は……最近、ずっと連絡がなかったんです。こちらから何回も一方的にコンタクトとるのも、気が引けて……」

裕翔は驚いたように眉を上げる。

「既読無視ってやつ？　あいつ、君にそんなことしたの？」

「あの、でも忙しいのかも……」

「んー、そうかもしれないけど、君に何の落ち度もないのにそんなことされたんなら、不満に思って当然だと思うよ」

あいつ、昔から他人との距離感バグってて……と語り出したのを皮切りに、中学時代の話をぽつりぽつりと語り始める。

滝沢は地味で目立たない生徒だったこと、学力は高いが、粗忽でときおり空気が読めないこと、友人たちが滝沢のうっかりに振り回されることも多かったこと、人なつっこいが、ある日突然殻に閉じこもることもあったこと。

そして、今回倒れた母親との関わりについて、

「普段は、明るくて綺麗な感じの人だったけどね……」

元気だった頃に、裕翔も何度か会った、と。

母親は息子を可愛がる一方で、「××くんならできるのに」など友達と比較するようなことを平気で言う質だったらしい。

それでも滝沢は、母親の期待に応えるべく頑張っていた。その結果が今だと思えば、間違いじゃなかったのかな、と裕翔は締《し》め括《くく》った。

「いろいろ話したけど、あいつはクセはあるけど、悪いやつじゃないから。あんまりがっかりしないでほしい」

このみはゆっくりと首を振った。

「私……、嬉しかったんです。ライブで初めて会ったとき、こんなに素敵な人がおったんやって。向こうから声かけてくれたのも、ほんま奇跡みたいやなって。だから、変な運命感じてしまってるんかも」

夏休みに何度も陸たちと出かけて、裕翔の昔話を聞いて、滝沢に対する印象は当初のものとは変わってきている。

だけど、出会えたときの喜びは今も忘れていない。多少おっちょこちょいでコンプレックス強めでもいい。人間、それぐらいの欠点はある。

裕翔は「ふーん」と鼻で返事をしてから、言った。

「あいつ、君のこと『知り合いに似てたから声かけた』って言ってたけど」

「え」

このみは、瞬間、固まった。

「そんなこと、初耳です」

裕翔は動揺する口元を手で覆った。

「あれ、これ言ったらマズかった？」

「……わざわざ言うことと違うって思って言わんかったのかもしれませんけど、聞いてないです。ちょっと気になります。どこでそれ聞いたんです？」

「聞いたっつうか、ちょっと確認したんだ。奥手なあいつが、君みたいな子によく話しかけられたな、って送ったら、『今年の連休に一回だけ会った知り合いに似てた』って返信があったってだけだよ」

ただの照れ隠しかもしれない。だけど実際、自分と似ている人間はいるし、地元で、電車の中で、何度も間違えて声をかけられたことがある。その人たちが口にしていた名は――

「――くるみ」

もし本当にそうなら、今までのことがすべてひっくり返る。

呆然と呟くと、裕翔は軽い口調で宥《なだ》めた。

「か、どうかはわからないけどな。まぁ、きっかけはなんであれ、その後の関係性のほうが大事じゃん？」

それは正論だ。だけど、素直に納得できるほど、今の自分はお人好しでも夢見がちでもなかった。


このみは公園の出口で裕翔と別れた。天然パーマの頭がすぐに遠ざかる。

スマホを見ると、陸から五分前に「もうそろそろ家につくよ」とメールが来ていた。このみはすぐに返信せず、Bouquetのライブが行われた会場を調べた。話を聞いていると、彼が能動的に遠出するのは、推し活ぐらいだと思われた。

（あ、あった）

今年五月の大型連休に、大阪の空港近くの「そらうみタウン」であったフェスに、彼の推しであるす～ちゃんが単独でゲスト出演している。

その日、自分は東京に引っ越してきたばかりで、地理に慣れるために帰省を見送った。くるみからのメッセージを確かめると、同じ日に「実家いても暇やし、うちはアウトレットにでも買い物行くわ」とあり、愕然とした。

アウトレットモールとフェス会場は目と鼻の先だ。もちろん、何千何万という人がつめかける会場ゆえ、ただのニアミスの可能性もある。

だ、け、ど、

『くるみは？　体調でも悪いの？』

『くるみの彼氏らしい子が来たらしいで』

気づいていた。滝沢は自分よりもくるみに気を許しているって。たまに呼び捨てにすることもそうだし、くるみとは随分早くフランクに話していたし、自分が線路に落ちたあの日も、くるみがホームに現れた瞬間明らかに嬉しそうな顔をした。

それもこれも、二人が以前からの知り合いだったとしたら納得がいく。出会ったのが今年の連休かどうかは確証がないが、気のせいや偶然の一致ですませられないピースがたくさんある。

「――無理やん、そんなの」

いま滝沢は辛い立場にいるとわかっている。でも、ダメだ。

こんな気持ちで、「大丈夫ですか？」なんて慈悲深いこと言えるはずがない。

【ごめん、ちょっと体調悪いから、今日は帰るね】

そう陸に送ると、このみは駅へと足を向けた。


陸は祖母の寛子とともに、少し緊張しながら病院の長い廊下を歩いていた。行き先は、冬吾の母親のいる特別な病室だ。

「冬吾くんのお母さん――滝沢さんね、しばらく一般病棟で様子を見て、再来週にはリハビリ専門の病院に転院するそうよ」

寛子の口調があっさりしていることで、それが良い知らせだと推測する。

「リハビリって？　よく聞くけど、どんなことするの？」

「脳の病気になると、手や足が動かしづらくなったり、うまく話せなくなったりするのよね。それを元通り……は難しいんだけど、病気の前に少しでも近づけるように、ちょっとずつ体を鍛えたり、言葉の訓練をしていくの」

いつもながら、寛子の解説はわかりやすい。陸は想像しながら、「そうなんだ」と頷いた。

病室の扉が開かれ、寛子と共に中に入ると、冬吾の母の滝沢春香はベッドの上でゆっくりと体を起こした。周囲にはいくつもの機械が置かれ、細い体に繋がれている。

彼女は麻痺《まひ》が残る表情で、「い、くん……」と、かすれた声で陸の名前を呼んだ。

「こんにちは」

陸は小さく頭を下げて挨拶をした。春香はぎこちなく目を細めた。たぶん、喜んでいるのだろう。

寛子は体調はどうだ、家から持ってきてほしいものはないか、などと質問と雑談を続ける中で切り出した。

「保険の手続きとか会社に提出する書類は、冬吾くんと相談して申請しているから安心してね」

冬吾はすでに広島に戻っている。出席日数や追試の日程については多少考慮されるものの、授業の遅れについては自分でどうにかするしかない。故に、何日も欠席するわけにいかないと判断したようだ。入院に関する事務的な手続きは、冬吾に代わって寛子が行っている。

春香の虚ろな目が、力なく視線を落とす。

「おめんね……いそあしいのに……」

「何を言ってるの。お互い様じゃない。息子さんの代わりだと思って、頼ってくれていいのよ」

春香は、硬い表情を一層強張らせたのち、かすれ声で言った。

「とうご……なんで……いない……」

春香のかすれた声が部屋に響く。寛子は驚いたように顔を上げた。

「冬吾くん、ギリギリまでこっちにいたじゃないの。勉強が大変だから仕方ないわ」

春香は目を閉じたまま、かすかに首を振る。

「……まだ、いて、ほ……しかっ……」

切れ切れの言葉に、寛子はなんとも言えない表情を浮かべた。

「そうね……。その気持ちもわかるわ」

寛子が柔らかい声で言うと、春香の目尻に涙が滲んだ。

陸はただ見守ることしかできなかった。

❄❄

病院を出ると、黙りこくった陸に祖母が尋ねた。

「どうしたの？　さっきから変だけど」

「……冬吾先生のお母さん、かわいそうだな」

陸はぽつりと呟く。

彼にとって、冬吾は信頼する家庭教師であり、兄のような存在だ。その冬吾の母の弱々しい声は、聞いているだけで胸の奥が締め付けられた。

「先生、せめてもう少し長くいられなかったのかな？　お母さん、最後ちょっと泣いてたじゃん」

祖母は小さく息をついて頷いた。

「わからなくもないけど、冬吾くんには冬吾くんの事情があるのよ」

祖母の声には、春香への同情と、冬吾への気遣いが交ざっていた。

「そもそもお母さんだってわかった上で進学させたんだし、ちょっとさみしくなって愚痴っただけじゃないかしら」

「でも……、オレならばあちゃんがあんな風になったら、ひとりにするなんて耐えられないよ」

想像をするだに恐ろしい。祖母にだって、いつ病魔が襲ってくるかわからないのだ。そのとき自分がそばにいられなかったら……きっと、一生後悔するだろう。

頭をかきむしる陸に、祖母はそっと背中を撫でた。

「大丈夫。そうならないように日々気をつけてるから。もし倒れたとしても、あんたに迷惑をかけるようなことはしないよ」

「それだって心配だよ。ばあちゃん、冬吾先生のお母さんより年上じゃん」

「年のことは言わないんだよ。でも、心配してくれてありがとね」

目が合うと祖母は短く切った銀髪を揺らし、ふっと微笑んだ。

「うちの息子の子供にしては、あんたは上出来だよ……あ、これもちょっと良くない言い方だったかもしれないね」

陸は思わずはにかんで首を振った。

陸には小さな頃から母親がいなかった。外国人で、出産後母国に帰ってしまったらしい。そんな陸をここまで一番に支えてくれたのは祖母であり、懐の深さと愛情には感謝してもしきれない。

ただ、陸に愛情を与えてくれたのは、身内の祖母と、夜勤で顔を合わせることの少ない父親だけでなく――

「……もうひとり、心配な人がいるんだけど」

思わず漏らすと、祖母は神妙に応えた。

「あら、それがどうしたの？」

「なんか、どうも様子がおかしいんだ。それで、気になってる」

一緒に冬吾のもとに訪れるはずだったのに。体調不良で断られてから、ずっと音信がない。

何があったのだろう。大人の世界のことだから、自分には計り知れないことがあるのかもしれない。

けれど、彼女がずっと冬吾のことを目で追っていたのは知っている。だから、突然のキャンセルが気になって仕方ないのだ。

祖母は少し考え込むようなそぶりをした。

「元気づけにいくのもいいかもしれないね。でも、相手のご迷惑にならないようにね。具合が悪いようなら短い時間にしなさい。あくまで、お相手の為に行くってこと忘れずにね」

助言を受けて、陸は素直に頷いた。

❄❄

翌日の放課後、陸は以前にこのみから教えてもらった住所を頼りに、彼女の住むマンションの前に立っていた。

小さなメモに書かれた部屋番号を確認し、深呼吸をしてからインターホンを押す。

しばらく待ったが、応答はない。

もう一度押してみたが、反応はなかった。

帰ろうとしたそのとき、背後でドアが開く音が聞こえた。振り返ると、わずかに開いた隙間から、若い女性の影が見えた。

「いるなら、返事してくださいよ」

「……何しに来たん」

「そっちこそ何やってんですか。その様子じゃ、しばらく大学行ってないですよね」

「別にええやろ。ほっといて」

再びドアが閉められようとする気配に、陸は慌てて口走った。

「ああの！　スープ、買ってきたんです！　これだけでももらってください！」

ほとんど閉まりかけたドアの向こうから、かすかに声がした。

「味は？」

「ミネストローネとカボチャのポタージュです。まだあっつあつですよ」

ゆっくりとドアが開く。無言のまま中へ通されると、このみは上《あ》がり框《かまち》でスープカップの入った紙袋を受け取り、一瞬で飲み干した。

（いい飲みっぷり……じゃなくて）

陸は驚きを隠せなかった。このみがこんなに雑に食事をする姿は初めてだ。髪がぼさぼさで肌も荒れ、毛玉だらけのスウェット姿が痛々しい。

家の中も、若干埃っぽい気がした。見てはいけないと思いつつ奥の部屋が視界に入る。ベッドの上に自分が射的で倒した赤ずきんうさぎのぬいぐるみを発見し、ちょっとだけドキッとした。

「何があったんですか……って、やっぱり冬吾先生のことですか？」

少しの沈黙が流れた後、このみは小さな声でぽつりと呟いた。

「なぁ、あの人と、うちの姉、前からの知り合いやったって知ってた？」

（えっ？）

なんだそれ、と陸はぽかんと口を開けた。

「それって、先生と、くるみさんのことですか？」

このみが「他に誰がいるねん」とばかりに顔をしかめたので、陸は呆然としたまま首を横に振った。

「いや、全然……。そうだったんですか？　それ、本人が言ってたんですか？」

このみは「ちゃうんやけど」と前置きして、冬吾の友人である田中裕翔から聞かされたことを教えてくれた。冬吾の言う「このみに似てる知人」が、くるみではないかという推測も添えた。

冬吾が推し活ぐらいしか遠出しない、という予想は多分当たっている。また、やけにくるみとの距離が近いというこのみの指摘も、自分の実感に近い。

だからこのみが結論に至るまでの道筋は理解できるのだが――

「それで、学校サボってふて寝ですか」

「ふて寝して何が悪いの」

ぽつりと声を漏らすと、スープの空き容器を乱暴に手近のゴミ袋へ押し込んだ。

陸は戸惑いながら、目の前の彼女をじっと見つめた。

「いや、別に悪くないですよ。でも、先生のこと心配じゃないのかなって」

このみの肩が小さく震えた。手の甲で目を覆い、わずかに身を縮める。

「……あの人が大変やっていうのは、わかってる。ほんまは、こういうときこそ支えにならなあかんって思ってる」

陸は黙って続きを待った。

「けど、なんか、しんどいんよ。これ以上あの人に近づいても、『うちってなんやったん?』『ほんとはくるみの方がええん?』とか余計なこと考えてしまって、なんか、嫌な態度とってしまいそうで。そんな薄情な自分に、自分でも引いとんねん」

声が途切れる。このみは机に突っ伏し、浅く何度も息をついた。

「うち、股関節もまた痛いし、学校も休んでる。くるみはくるみで、何も言ってこないし。もう、ほんまに、全部めちゃくちゃで、何もかもいやや……」

このみの肩が小さく揺れた。ぽたりぽたりと涙がこぼれ落ち、彼女は顔を手で覆った。

小さな嗚咽《おえつ》が部屋の静けさに響く。彼女の涙は途切れず、傷の深さをまざまざと感じさせた。

（そんなに、辛かったんだ）

なのに、彼女の気持ちを推し量ることもせず、自分の考えを押し付けるようなことを言ってしまった。慰めるどころか、余計に追い詰めてしまったかもしれない。

どうにかしてこのみの涙を止めたい。その想いが陸の口をついた。

「このみさんは、このみさんのこと、一番に考えたらいいじゃないですか」

抑えた声で言うと、このみは顔を上げ、ゆっくりと目を瞬いた。

「誰かが溺れてるときに、やみくもに助けようとして飛び込んだって、二人共溺れるだけですよね」

「だけどあの人、今、ほんまに困ってるんやろ……？　それでうちが黙ってるなんて、ええんかな……」

震える声が、陸の心をざわつかせる。

「……冬吾先生、たまに冷たいとこあるけど、基本優しい人ですよね。このみさんが無理してたら、先生が気にしちゃいますよ」

このみはぎゅっと唇を結んだ。

「そうやろか……？」

「少なくとも、オレが知ってる冬吾先生はそういう人です。元気になって、気持ちの整理がついたら、そのときまたどうすればいいか考えればいいじゃないですか」

（って、なんでオレが先生のフォローしなきゃいけないんだよ）

喉の奥が鈍く締め付けられる。このみを励ますために言葉を尽くしているが、本音ではここまでこのみを悲しませている冬吾の存在が疎ましくもあった。

このみは涙を拭うと、少し申し訳なさそうに眉毛を下げながら、笑った。

「泣いたらちょっと落ち着いてきた。スープ美味しかったけど、足りないから、ミスド行かへん？」

前向きな誘いにホッとする。が、すぐに思いとどまった。

「歩くと痛いんでしょ。大丈夫？」

「大丈夫やないけど、食べたい気持ちのほうが優勢やねん」

「それならオレが買ってくるから、家で待っててください」

「嫌や。ずっと家におったから、たまには外出たいわ。陸くんがダメ言うても、あとでこっそり行くだけやで」

この調子だと、本当にやりかねない。一人で行かれるより、としぶしぶ了承するしかなかった。

「……わかりました。でも、無理しないでくださいよ」

部屋の外で待つこと二十分ちょっと。髪を整えさっぱりとした表情のこのみが出てきた。服装はワイドパンツとパーカーというカジュアルなもので、こういう格好をすると、姉のくるみと本当によく似ている。

子供の足でも少しゆっくりめに歩き、十分ほどで駅前の大型スーパー内のドーナツ店に到着した。

「あかん。久々に来たら確実にデブ化させにきてるやん……」

このみはトレーに次々と載せていく。その手際の良さに思わずツッコんだ。

「そんなに食べられるんですか？」

「後のことは知らん。限界にチャレンジしたいねん」

会計を済ませると、陸とこのみは小さなテーブルの向かいに座った。二人の間には、色も形もとりどりのドーナツがずらりと並ぶ。

部屋で見た泣き顔はどこへやら。このみは目を輝かせ、「これも良さそうやん……」とどれから手をつけるか迷っている。

「陸くんといると楽しいわ」

不意を打たれ、陸は動きを止めた。

「そ、そうですか？」

「うん。くるみやったら、うちのこと先に座らせて、適当に選んできて『この中から好きなの食べ』って言う気がするわ。っていうか、ちょっとでも脚痛い言ったら、『絶対家から出るのアカン』ってなるやろな」

「でも、このみさんを心配してるんですよね。優しいお姉さんだと思いますけど」

このみは首を振った。

「心配してくれてるんはわかるけど、自分の目で見たり痛い思いせな学ばんこともあるやろ。ほら、この前も……」

話を切って、波状にねじられた揚げドーナツを手に取る。輪の中に見えた口元が、への字に曲がる。

「隠し事してたやん。うちがショック受けるかも、って黙っとったんやろうけど、そんなの対等やないやん」

「……」

「痛い思いするのも、ショック受けるのも、自分の責任やん。勝手にうちの気持ちを先回りして、決めつけるのは勘弁してほしいわ」

このみの気持ちを理解しようと、姉妹のやりとりを思い返した。

二人でシェアしたパンケーキの大きい方も、眺めのいい方の席も、順番待ちの先の方も、くるみはすべてこのみを優先させていた。ペットボトルの蓋をあけてからこのみに渡していたときは、自分ですら「それぐらいこのみさんも出来るんじゃない？」と思った。

姉側にも言い分はあるのだろう。だが、対等に扱われない側の気持ちもよくわかる。

陸自身も、普段から大人と接することが多く、必要以上に子供扱いされるときの居心地の悪さ、選択の機会を奪われることへの不満は感じていた。一番身近な祖母は陸の意見を尊重してくれるだけに、「そうでない大人」の押し付けが嫌いだった。

（そうか、このみさんも、同じだったんだ――）

このみはミルクティーを啜りつつ、ちらりと陸を見上げた。

「陸くんも、なんか食べて。遠慮せんといてや」

「それじゃあ……これ、いいですか？」

陸はおずおずと、チョコレートでコーティングされた数珠状《じゅずじょう》のドーナツに手を伸ばす。だがその瞬間、このみが急に声を上げた。

「ちょ、それだけはあかん！　この季節しか食べられへん特別なやつやで？　うち、絶対あとで食べよう思ってたやつやん！」

「えー？　いま遠慮するなって言ったじゃないですか。オレも、特別なの食べてみたいんですけど」

「……そしたら、二球だけな。残りはうちが食べるから」

数珠は八球あるんだから、せめて半分だろ、と納得できないながらも、陸はそれを受け取った。

口に含むと、もちもちとした弾力とチョコの滑らかさが絶妙に絡み合った。

「うまっ……」

「やろ？　だから言うたやん、特別やって」

このみも残りを嬉しそうに頬張った。

しかし、ドーナツ一個で小学生相手に本気で張り合ってくるとは。微笑ましいけど、さすがにちょっと大人げない。

「このみさんって、意外にわがままで欲張りっすよね」

反射的に口にしたものの、言葉が強すぎたかとすぐに後悔した。

だがこのみは驚いたように目を丸くすると、おかしそうにぷっと吹き出した。

「そう？　でも、親しい人の前やと、ついそうなってまうんかもな」

嫌味を笑い飛ばす柔らかさに救われた。同時に「親しい人」の響きに心臓がドクンと鳴る。

彼女に他意がないのはわかっている。けれど、その一言にどうしようもなくときめいてしまうから、手に負えなかった。

結局、大量に買ったドーナツは半分も食べきらないうちに手が止まり、このみは手元の腕時計を見た。

「もう五時やん。これ以上ひきとめるわけにはいかんな」

「はい……。さすがに遅くなると祖母が心配するので、帰ります」

余ったドーナツは半分ずつ持ち帰ることになり、箱を手に店を出る。

と、突然陸の肩が重くなった。

「ごめん、ちょっと掴まっててええ?」

その瞬間、陸の心臓はぎゅっと縮こまるように跳ねた。

外出した疲れと、まだ痛みが抜けない股関節のせいでふらついたのだろう。わかっている、けれど意識が肩に集中してしまう。彼女の手の温かさを感じるたびに妙に落ち着かなくなる。

エスカレーターを下り、横断歩道をわたると、駅はすぐ目の前だった。

ひっきりなしに人の行き交う改札を前に、二人は歩みを止めた。肩にかかった手がふっと離れ、陸はこのみを振り返った。

「本当に大丈夫ですか?　家まで送りますよ」

「大丈夫。ちょっとの区間やけど、バスで帰るから。さっきも言うたやん、自分で自分の責任はとるんや」

毅然《きぜん》とした声に押され、陸は食い下がることを諦めた。

名残惜しさを押し殺しながら、陸はポケットから切符を取り出す。

「そしたら、気ぃつけて帰りや。今日はありがとな。ええ気分転換になったわ」

その笑顔に、まぶたがじんと熱くなった。溢れる気持ちを抑えられない。

「オレのこと、もっと頼ってください」

突然の呼びかけに、このみはぱちくりと目を瞬いた。

「このみさんの役に立ちたいんです。ずっと年下だし、冬吾先生みたくデカくもないけど、今日みたいに落ち込んだとき……いや、落ち込んでなくても、普通の日でも、さみしかったら呼んでください」

彼女の指先が離れた瞬間、空いた場所に心が痛んだ。「年下の男の子」それ以上にも以下にもならないのはわかっている。それでも、「陸くんといると楽しい」と言った笑顔、大人げない一面、頼りない歩みが残した重さは、自分の中でずっと鈍い熱を持ち続けるだろう。

冬吾よりも、くるみよりも――自分の歩幅はこのみに丁度いいはずだ。

このみは長いまつ毛を伏せ、ゆっくりと頷いた。

「ありがとな。そう言ってもらえるだけで、うちは十分やわ」

「でも……」

「君は、勉強頑張りぃ。自分のやらなあかんことやるんが先やで」

このみの返事は柔らかかったが、叱咤《しった》されてもいるようで、陸の心をざわつかせた。

今まで自分は、合格は無理だと決めつけて、真正面から取り組もうとしなかった。そんな自分を、このみは歯がゆく思っていたのかもしれない。

だが県立中の一次試験まであと一ヶ月もない。そんな短期間で何ができる――なんて考えを見透かしたかのように、このみは軽やかに言った。

「意外といけるんちゃう？　知らんけど」

❄❄

【ばあちゃん、帰るの遅くなってごめん。帰ったら話したいことがある】

【わかった。急がなくていいから、気をつけて帰っておいで】

❄❄

【突然のメールでごめんなさい。中学時代、ご自宅で一度お会いしたことがあるかと思います。偶然ウェブサイトを発見し、お伝えしたいことがありご連絡しています】

【八木さんには申し訳ないことをしたと、今では本人も反省しているようです。なので、もうあのときのことは少しずつ忘れてほしいです】


【滝沢くんのお母さんが倒れたらしい。陸くんから聞いた】

【病院に運ばれたって】


四日前に届いた短いメッセージ。

返信しようとして何度も文字を打ち直したが、結局どんな言葉を返せばいいのかわからなかった。画面を凝視したまま、長い間考え込んでしまう。

庭の柿の実が赤く色づき始め、夕暮れの空気が冷たい。縁側で庭を眺めている間にも、初冬の気配はすぐそこに来ている。

祖母が廊下から布団を抱えて現れた時、老犬のあられが尻尾を振って寄ってきた。

「もうこたつ出す準備してるん？　早くない？」

「そら、あられのためやん。この子、寒がりやから」

あられは十一歳。夏の間は元気に走り回っていたのに、秋の冷え込みが始まると寒がりになった。普段は祖母の傍で昼寝をしているが、くるみが家に来ると決まってこうして甘えてくる。今もくるみの膝に顎《あご》を乗せ、尻尾を振っている。

「今のうちにやっとかな。あんたも手伝い」

くるみは「はいはい」と応えて立ち上がり、茶色く色褪《いろあ》せたこたつ布団を広げた。黙々と作業をしていると、祖母が言った。

「なんかあったん？　元気ないやん」

「そう？　別に」

くるみは天板の裏についた埃を雑巾で拭き取りながら、視線を逸らした。

「これ終わったら、晩ごはんにするで」

祖母は台所に立ち、手際よく夕食の支度を始めた。

土鍋には黒豆を炊いた御飯が温められている。大根の漬物、里芋と油揚げの味噌汁、裏の畑で採れた茄子《なす》は、皮目を十字に切り込んで揚げ浸しに。質素だが季節を感じる献立に、丁寧な仕事が感じられる。

くるみは出汁《だし》を取る作業を引き受けた。祖母の味付けは薄めだが、出汁の風味がしっかりしていて好きだった。

　二人で膳を囲み、「いただきます」と手を合わせる。

 味噌汁を口に含むと、ほっと和らいだ。寮の味噌汁とは出汁が違う。だが考えごとのせいか食事が進まず、そっと祖母に尋ねる。

「なぁ。急に倒れて入院するって、どんな病気が多いの？」

「そら、色々あるなぁ。年齢によっても違うけど……」祖母は箸を置いて考え込んだ。「脳梗塞とか心臓の病気とか。特に脳の方は大変やで。私の友達にもおったけど、手足が動かんようになって寝たきりの人も。でも、早く治療受けられたら、けっこう回復する人もおるで」

　単語の一つ一つが重い。もし滝沢の母親がそうなってしまったら――思考が暗い方向へと流れていくのを、必死に食い止めた。

「なんでそんなこと聞くん？」

「知り合いの……お母さんが倒れたらしくて」

「もしかして、前にうちに来た子？　滝沢くんやっけ？」

　くるみは箸を止めた。祖母の目は昔から確かだった。

「なんでわかったん？　でもまぁ、うちは詳しいこと知らんのやけど」

「そら心配やなぁ。お母さんやったら、まだ若いやろ。滝沢くん、大丈夫なん？」

「わからん。一人暮らしの学生やし、実家も遠いのに……」

しかも今は母一人子一人の母子家庭だ。母親が心配性すぎると時折ぼやいていたが、その母親自身が倒れてしまうとは。なんという皮肉だろう。

「それで、悩んどるんやな」

「……うちが考えてもしゃーないやろ。何もできへんし」

捨て鉢になっているわけではない。実際、自分にはなにもできない。近くにいるわけでも、専門知識があるわけでも、親密な関係なわけでもない。それでも、心配してしまうのは性分だからとしか言いようがなかった。

祖母はじっとくるみの顔を見た。

「あんた、あの子のこと好きやろ」

「はぁっ⁉」

思わず立ち上がりかけた腰が湯呑《ゆの》みに当たって、お茶がこぼれる。頬から耳の先まで火が点《つ》いたみたいに熱くなって、声まで上ずった。

「な、何言うとんの！　そんなんちゃうし、もう、何考えてるの！」

「いやあんた、昔からああいう不憫《ふびん》な感じの子好きやったやん」

「不憫て。そんなに可哀想《かわいそう》な人ちゃうで。ちゃんとした家の子やし」

お茶を拭きつつ早口で言い訳するが、横に寝そべっているあられのせいで台無しだ。

ボロボロで汚くて、誰も拾おうとしなかったあられ。まだ小学生だったくるみがここまで連れて帰ってきたことを、祖母は覚えているのだ。でも、あの人は違う。守ってあげなきゃいけない人じゃない。

「あのな、あの人のこと好きなのは、このみのほうや。うちやない」

「そうなん？　でも、あんたと仲良さそうやったけどな」

祖母は夏休みの終わりのことを言っているのだ。熱中症になり、滝沢に背負われた日の夜。自分たちの話し声を遠くで聞いていたのだろう。

留年のこと、友達のこと、小さい頃の悲しい思い出、家族のこと。

普段は打ち明け話なんてできないのに、何故か正直に話してしまったし、彼の話も聞いた。翌朝のことさえなければ、まだ元の関係でいられたのに――

「あの兄ちゃんな、ちょっとおかしいねん」

「おかしいって、何が？」

自分でも理解しきれない感情。だけど無理やり整理しようとした。

「あの人、うちのこともこのみと同じように扱うんや。うちが歩くの遅かったら待っとってくれて、迷子になったら捜しにきてくれて。このみのことだけ見とったらええのに。別にうちなんて、ほっといても平気やのに。だからな、なんか調子狂うねん」

両親の関心がこのみにばかり向けられ、放っておかれることには慣れてきた。

なのに「元気で明るい妹想いの姉」という壁を、滝沢は予想もつかない角度から揺り動かしてくる。誰かに頼ることも本心を言うことも、ずっと自分に禁じてきたのに。

「あんたも、そろそろこのみから離れぇ」

「え？　うちが？　このみがやなくて？」

祖母は深く頷いた。

「もうええやん。あんたはこのみに頼りにされることが生きがいやったろ。でも、このみだって大人になっとるんや。いつまでもあんたにべったりはいかんって、そろそろ気づいとるやろ」

祖母の言葉が、長年封印していた感情の蓋を開けてしまう。

「親もいっつもこのみにつきっきりで、食べたいものも欲しいものも、全部このみが先やったろ。あんたはそうやって、このみに譲るのがくせになっとるんやな」

「そんなん……ちゃうで」

喉から絞り出すような声に、自分でも驚いた。

「寮のある学校に入ったのも、このみと距離を置きたかったからやないの？」

「ちゃうって。真面目に勉強したいからに決まってるやん」

「まぁ、そうかもな。でも結果的にちょっとホッとしたんちゃう？」

思春期の頃、「これ以上近くにいたらこのみのことを嫌いになってしまう」という予感は確かにあった。事故に遭ったのも、両親が過保護になったのも、このみのせいじゃないのはわかっている。だからこそ辛かった。

同じ学校に通っていた小学生の頃から、体育も放課後の遊びもできないこのみをいじめっ子からずっと守っていた。通学中の荷物は二人分持つのが当たり前で、ケーキのいちごが載ってる方は常にこのみに譲って、万が一喧嘩《けんか》でもしたら結局はいつも自分が先に折れて――いまでも、このみのそばにいるときは自然とそうしてしまう自分がいる。

翻って、滝沢はどうなんだろう。勉強、母親の看病、日々の生活。全部一人で背負い込もうとしているんだろうか。あんなに不器用で、天然で、注意散漫で、誰か頼りになる人が必要なはずだ。

（あ……）

あられが祖母に擦り寄り「なんかちょーだい」と甘えている。室内でも首輪を外さないのは、万が一にも脱走したら困るからだ。

「明日、車貸してくれへん？」

「ええけど、何すんの？」

くるみは湯呑みに目を留めたまま、小さく首を振った。

やはり、自分が動くのはおせっかいでしかない。自戒の念を込め、呟いた。

「なんでもない。忘れてや」

祖母から茄子の揚げ浸しをもらったあられは、今度はくるみの膝に顎を乗せてきた。昔から、くるみが悩み事をしているときは必ずそばに寄ってくる。「僕はいつでも君の味方だよ」とでも言いたげに。

❄

「審査基準ですか？　支援機構が決めることなので、うちではちょっと。ただ、一定の学力を満たす必要があるので、留年すると取り下げになりますね」

「はぁ……」

「詳しくはパンフレットに書いてありますので、よく読んだ上で必要書類をそろえて提出してください」

何もかも杓子定規《しゃくしじょうぎ》な返答。学生課も忙しいのはわかるし、たまたま慣れてない人だったのかもしれないけど、もうちょっと親身になってくれてもいいのに。

冬吾は窓口で渡された奨学金と授業料の減免申請の資料を手に、深く息をついた。

夕方、部屋に戻ると、渡された封筒を開けた。

どさっと分厚いリーフレットが飛び出し、視界が大きく傾きかけた。

「……無理なんだけど」

一人暮らしになって強く自覚したのだが、自分は事務手続きの類が非常に苦手だ。だが今回ばかりは「めんどくさい」と投げ出すわけにはいかない。リアルに死活問題だ。いろいろ懸念材料はあれど、ともかく今は経済的な不安を少しでも減らしたい。注意事項を一つずつ確認していくが、こんなの、裕福な海野や山崎ならどう転んでも申請することはないだろう。己の境遇が恨めしくなる。

（——つまり、「世帯員のマイナンバー」が必要ってことか）

どうにか資料から読み取った。自分のマイナカードは電車缶クッキーの空き箱に保管してある。母親の番号もメモしておいたはずだが、見当たらないし記憶もしていない。こうなると、もう仕方ない。

スマホを手に取り、陸の祖母に電話をかけた。彼女は電話に出ると「どうかしましたか?」と口早に対応した。

『学校の書類に家族のマイナンバー……そうですか。こちらではわからないので、今度お見舞いに行ったときに滝沢さんに伝えておきますね』

「あ、はい、よろしくおねがいします……」

つまり、今日のところは不明のままだ。書類の手続きなんてできるだけ手短に終わらせたいのに。

母親の病状も確認すると、少しずつ歩行訓練も行っているらしい。以前よりは回復しているようだが、仕事に復帰なんていつになるかは全くわからない。また目の前が暗くなる。

『それと、いただいた電話で申し訳ないんですが、ちょっと相談がありまして』

「……なんですか？」

切り出し方に、嫌な予感がした。

『陸が、しばらく家庭教師をお休みしたいと言っているんです』

「えっ？　なんで？」

突然の申し出に、思わずタメ口になってしまった。

先週は……母親のことでバタバタしていて授業はお休みした。その前に松戸で直接顔を合わせたが、陸に別段変わったところはなかった気がする。

『それが、本人が急に受験専門の塾に通いたいと言いまして。忙しくなるので、滝沢先生のほうは一旦お休みしたい、と』

冬吾はしばし二の句が継げなかった。

『もう一次試験まで何日もないんですけど、急にやる気になっちゃって。受かるかどうかわからないですけど、あの子の悔いのないようにさせたいんです』

「……わかりました」

返す言葉も気力もなく、おざなりな挨拶だけをして、冬吾は通話を切った。

陸が前向きになったことは嬉しい。けれど、今までずっと乗り気でなかっただけに、急な翻意が信じがたくもある。

ただ、何歳も年下の子が離れていくのは、成長として仕方のない面もある。

いずれにせよ、母親という大黒柱が倒れた上、貴重なバイトの収入まで途絶えるとは——

「そうだ、お金」

昼に学食で食べたとき、財布の中に小銭しか残ってなかった。帰りに下ろそうと思っていて忘れていた。

一旦奨学金のことは置いといて、と気分転換がてら近くの郵便局へと向かう。

ＡＴＭで引き出しの操作をする。だがエラーで上手くいかない。ディスプレイを確認すると、表示された残高は一万円を切っており、さらに愕然とした。

「え、マジで……」

なんで、どうして、と混乱の中に原因を探る。

そして思い当たった。実家との往復で交通費が嵩《かさ》み、使いすぎてしまったことを。

（ホントにやばい……）

陸の祖母に再び電話をかけようとして、手が止まる。

母が倒れてからは、頼みごとをするたびに罪悪感が付きまとう。それに、母はプライドが高い人だ。自分が金に困っていることを、ご近所である河合家に知られるのは耐えがたいだろう。次の振込まで半月。そのときに振込がされてなかったら、さすがに相談すればいい。

とりあえず自分で稼ぐ術《すべ》を見つけないと。自分は「もう大人」なのだから。

❄

でも、「大人」って、自動的になれるものでもないみたいで――

「医学部ですか！　でも、他のバイトさんと仲良くできるかどうか……」

「実習期間は来られない？　うちは週三回以上必須だけど」

「あの、この経歴なら、もっと時給の良い家庭教師とかの方がいいのでは？」

時間を工面してバイトの面接に行くも、三件連続で断られた。

着々と財布の中身が減っていく。こうなると月払いのバイトで給料日を待つ余裕はない。インターネットで検索した「即日払い可」の営業アシスタントに、藁《わら》をもすがる思いで応募した。

古びたビルの一室で待機していると、奥の部屋から怒号が響いてきた。

「そういう言い訳ばっかりだろ、お前は！」

「何度同じことを——！　できないなら今すぐ辞めろ！」

ガン、と机を叩く音。続いて若い男性の震える声がした。

「申し訳ございません、私の力不足で……」

「そういう言い訳ばっかりだろ、お前は！」

隣で待っていた同じバイト応募者らしき男性が、こっそり席を立った。「急用を思い出した」と受付の女性に告げ、そそくさと出て行く。

（やばい、ここ……）

超絶ブラック企業だ。もしくは裏社会と繋がりがあるところかもしれない。

「自分もちょっと体調が悪くなった」と受付の女性に告げると、冬吾はその場から逃げるように階段を駆け下りた。

結局、自分に向いてるバイトなんてないのかもしれない。肉体労働なんかできないし、飲食店なんかマルチタスクの塊だし、小売店は短時間の採用はしてない。ようやく条件に合うのが見つかったと思ったらあんな感じで——

——僕、勤労と学業の両立ができません。

面接をバックレると、罪悪感に苛《さいな》まれながら電車に乗った。

終点に到着し、冬吾は電車を降りた。改札を出てエスカレーターを下りながら、尻ポケットにスマホをねじ込もうとしたのだが、

「どけよ、邪魔だ！」

「あっ！」

気の荒い通行人に肩を押され、スマホが尻ポケットからするりと抜け落ちた。

ガンガン、と階段を転がる音が異様に大きく響いた。

「やべっ！」

慌てて拾い上げるも、画面は蜘蛛《くも》の巣のように割れて、何度電源ボタンを押しても反応しない。おそらく内部のデータは全て消え、復元の見込みもないだろう。

「マジかよ……」

冬吾は呆然と立ち尽くした。半年ぶりのスマホ破壊に、為《な》すすべが一つもない。

バックアップは必要だと思いつつ取っていなかった。海野からもらった過去問も、友達の連絡先も、裕翔からもらったアレな動画のリンク集も、夏休みに撮った千枚近い写真も、数少ないＳＭＳのやりとりも、どうでもいいものも大切なものも全部消え

た。まるで最初からなかったかのように。

そもそも現代の学生にとってスマホはもはやインフラの一部だ。今度こそ気をつけようと思ったのに、自分はどうしていつもこうなんだろう。

泣きっ面に蜂、傷口に塩、弱り目に祟《たた》り目……。そんな諺《ことわざ》が頭を駆け巡る。


――僕、モノをよく壊します。


「どうしよう……修理代もかかるし、新しいの買うお金なんて……」

途方に暮れて商店街を歩いていると、キャリアショップの窓に貼られたポスターが目に飛び込んできた。

《学生限定！　端末代1円〜　新規契約受付中》

「それで、1円になる条件なのですが、24ヶ月が経過しましたら……」

安さに惹かれて中に入ったものの、新規契約の手続きは予想以上に複雑だった。

毎月の料金プラン、違約金、オプションサービス。次々と降ってくる説明に気が散って、店員の説明を半分も理解できていない気がする。それでも、なんとか新しい番号を取得し、格安モデルの端末を手に入れた。

「ありがとうございました」

店員の声が遠くに消えていく。新しいスマホを握りしめて家まで歩くこと２㎞。

ぐったり気分で家に着くと、ドアを開けた瞬間に異様な静けさが襲ってきた。

「……あれ？」

玄関の電気スイッチを押す。点灯しない。

もう一度押す。三度、四度――。暗闇の中で、むなしくカチカチと音を立てるだけ。

彼は急いでブレーカーを確認したが、何も変わらない。部屋の照明スイッチを何度押しても、やはり反応はなかった。

「電気代、払ってなかったっけ」

すぐにドアポストの受け箱を確認すると、ダイレクトメールやチラシの間に「重要」と書かれた電力会社からの通知が何通も届いていた。母親が入院してから、光熱費の支払いなんて完全に頭から消えていた。

「え、こんなに……？」

どれが最新のものかわからない。とりあえず郵便物を全部リュックに詰め込んだ。

明日になったらどうにかしよう。暗くなってきたしメンタルも弱ってるし、とにかく今日はもう疲労困憊《こんぱい》だ。

——僕、期限を全然守れません。


暗がりの中、引き出しを探ってろうそくを見つけ出す。

「とりあえず、これでどうにか……」

マッチで着火し、ろうそくに火がほのかに灯る。

昔、図書室で読んだ『ロウソクの科学』を思い出す。ファラデーの講義を翻訳した本で、炎の色が黄色いのは炭素の粒が光っているからなんだ、とかなんとか。

いつの間にやら窓の外は真っ暗だ。テーブルの上にろうそくを置き、新しいスマホの初期設定だけ済ませる。まだ連絡先も何も入れていないけど、バッテリー残量が気になって、すぐに電源を切った。

ぐううう、と誰もいない部屋に、腹の虫が切ない鳴き声を上げる。

「あー、そっか。腹減ってるから、余計にネガティブになってんのか……」

ろうそくの灯りを頼りにキッチンへ行く。

冷蔵庫を開けると、散らかった棚の隅々に食材が残っていた。

賞味期限が切れたウインナー、しなびたアスパラ、開封したままのしめじ、芽の出たじゃがいも。ちくわの袋も破れたまま放置されている。スーパーに行く気力も残っていないし、電気が止まった今、残った食材を早く使わないと。

「そうだ、串揚げ作ろう」

自分の好物は揚げ物だ。一時期は太るからと制限していたけれど、最近またデブってきたし、どうせ女の子にはモテないし、我慢する必要なんてない。

不安定な灯りの中、集めた食材を適当に切り、串に刺し、パン粉をまぶす。

テーブルに置いたカセットコンロの火が青く揺れ、油の表面にパチパチと気泡が浮かぶ。

揚げたての熱い串揚げを無心で頬張る。半分ぐらいの串を食べ終わった頃だ。

串を持つ手が塩の入れ物に当たった。慌てて体勢を立て直そうとしたとき、肘がろうそくを倒した。

「えっ？」

ぼわっ、と油に引火する。空気が一瞬だけ膨らむような感覚。

「あ――――っ!!!」

火はガスボンベに燃え移ると、鋭い爆発音とともにあっという間に広がった。

「だめ――――――っ!!!」

洗濯物に燃え移り、壁に貼ったポスターも次々と炎に呑まれていく。

Bouquetのメンバーがポーズを決める姿が、熱で歪み、焦げていく。散らかり放題の部屋の温度が一気に上がる。

冬吾はすぐにスマホと通学用リュックを手にとって玄関を出ると、非常用ボタンを押して一階の廊下に出た。

震える手でスマホを操作し、119番をダイヤルする。

「火事です、住所は、えっと、広島市南《みなみ》区の……！」

消防に状況を説明している間にも、建物の中から住人たちが次々と出てきた。

「火事？　放火？」

「なんかバリけむいんやけど！」

視線が冬吾に集中する。謝罪の言葉が喉まで出かかるが、声にはならなかった。消防車のサイレンが近づいてくるのが聞こえた。


『二十一時〇九分、鎮火しました。どうぞ』

消火作業はあっという間だった。

実際に燃えていたのは一階角の一部屋だけ。RC構造のおかげで延焼もなく、消防隊が到着して十分もかからず鎮火した。

だがその一部屋は……見事なまでに丸焦げだった。

野次馬たちが徐々に散って行く中、冬吾はぼんやりと燃え跡を眺めていた。

「あ、滝沢くん」

「大家さん……」


同じマンションの最上階に住む、大家さん。奥さんと二人暮らしの六十代の男性だ。ニット帽を深く被り、パジャマの上にコートを羽織った格好で、寒そうに肩をすくめている。


「災難じゃったのう。天ぷら火災？」

「天ぷらじゃないんですけど、カセットコンロで……」

「ああ、そうか、串揚げか。寒くなってきたけぇやりとうなるわな。まあ、一応部屋で火器はダメってことになっちょるけど……」

ルール違反をした冬吾を責めるでもなく、彼は気遣うように見遣った。

「それで、その、弁償とか補償とかは……」

恐る恐る尋ねる冬吾に、大家さんは苦笑して答えた。

「建物には火災保険かけとるけぇ、リフォーム費用はそこから出よるよ。けど……」

彼は少し言い淀《よど》む。不安が胸にじわじわと広がる。

「しばらく住めんようなるけぇの、退去ってことでええじゃろか」

「え……」

現実を突きつけられ、しばし茫然《ぼうぜん》とする。

「あの〜……、他の部屋に移ったりは」

「今、空いてる部屋もないんよ。それに、火事起こしてるけ、他の住人さんに会うのも気まずいじゃろ？」

確かに、周りの視線は冷たかった。

「忙しいのに、誰だよこんな時に！」と舌打ちしていた住人もいた。

「来月の家賃は振り込まんでええから。鍵は不動産屋さんに返しといて」

それだけ言い残して、大家さんは去っていった。

冬吾は黒く焦げた自室を窓越しに見つめた。


——僕、もうダメかもしれません。


「……誰もいねぇ」

ここは地元で桜の名所として知られる小高い丘陵《きゅうりょう》の公園だ。

日中は子供連れや地元住民で賑わうが、夜になるとほとんど人がいなくなる。近所に住んでいたが、こんな時間に来るのは初めてだった。

自分の不注意による火事で、どこへも行くあてがない。

そもそも、誰かに頼ろうにも連絡先がほとんどわからない。学校の友達の連絡先は、週明けにでも訊こうと思っていた。そして、致命的なことにお金もない。自分に許された居場所なんて、他に思いつかなかった。

丘の上からは広島市内の夜景が一望できた。無数の明かりが煌めいている。その一つ一つの光に人々の生活があるのだと思うと、自分の孤独をより一層感じた。

(全部、もうないんだ)

家も、服も、電化製品も、思い出の詰まったBouquetのグッズも、すべて燃え尽きてしまった。焼け跡からかろうじてサルベージできたのは、風呂場にあった電気ひげそりと、玄関の靴箱に放置していた高撥水ジャケットぐらいだ。あと残されたのは、ボロボロの身ひとつだ。

冷たい風が吹き抜ける。

十一月下旬の今日は、今季一番の寒さになると気象予報士がテレビで言ってた。

ガサガサと音を立てる高撥水ジャケットを着込みながら、ベンチで膝を抱えて空を見上げた。

「痛……」

気がつかないうちに、手の甲に火傷《やけど》を負っていた。さっきまで少し赤くなっていた程度だったのに、徐々に爛《ただ》れてきていた。

運が悪い、では決して片付けられない。多分、自分が悪いのだ。何をやっても間違った選択肢しか選べない、「普通」に決してなれない不完全な自分が。

この先、どうなるのだろう。

もう学校に通い続けるなんて無理かもしれない。今までの苦労はなんだったんだろう、とため息が出てくる。

だいたい、こんなに粗忽で大雑把で人と上手く関われない人間が、他人の命を預かる職業に就いていいとは思えない。このままゲロ吐きそうにキツい勉強を続けてなんとか免許を取得したとしても、医療事故起こして訴えられたりパワハラに遭ったりハードな勤務を押しつけられたり、その先もきっと苦労する。

かといって他にやりたいことがあるわけじゃない。母親が昔から言っていたとおり、企業勤めも公務員も、コミュニケーション能力が壊滅的だから絶対向いてない。だから今更他の大学に編入とかなんて全く考えてない。

向いてることとか嫌いなこととか外的要因とか、いろんな可能性に×をつけていくと、結局、自分には何も残らなくて――

「……死んじゃおっかな」

呟いた途端、涙が滲んできた。平和を愛する街で、こんなことを呟くのは不似合いかもしれないけど。

よく言うじゃん。「君が死にたいと思った今日は、誰かが生きたいと願った日なんだ」云々。もし死にそうな誰かと代われるなら、そうしたいぐらいだ。生きていく希望がある人なら、きっともっと、人生を有意義に使えるはずだ。

一番は、そうだ、母親と代わりたい。

こんな、不肖の息子を持ったせいで苦労して、倒れるまで働いて、不自由な体になってしまうなんて——理不尽が過ぎる。いくら謝ったってたりないけど、もし人生をやり直せるなら、自分じゃなくて、もっと普通に常識があって出来が良くて、みんなに愛される子産んでほしい。

自分なんて、結局、自分なんて、

「生まれてこなきゃ、よかっ……」

呟きは喉の奥でつかえて、最後まで言えなかった。

何かに追われているように、浅い呼吸を繰り返す。自己嫌悪と理不尽と言語化できない負の感情が底なし沼となって、自分のすべてを呑み込もうとしてくる。

「ああ……っ、もう……‼」

衝動を堪《こら》えきれず、思い切りベンチに背中を投げ出した。その拍子に、傍らにあったリュックがずり落ち、ベンチの下でぱかっと中身をぶちまけた。

「あ……」

ひげそりや筆記具、電気代の払込票が散乱する。その中に、差出人不明の茶封筒があった。

見覚えはない。が、消印から見て先ほど他の郵便物と一緒にリュックに詰め込んだのだろう。

「……なんだこれ」

見当もつかず、投げやりに開封した。どうでもいいものだったら、この場で捨ててしまえばいい。

封筒から出てきたのは、簡素な便箋。本文よりも先に、下の方に書かれた差出人の名前と住所が目に入った。

大阪府泉南《せんなん》郡……あの、五月の連休に自分を車に乗せてくれた、大阪のおじさんだ。

まさか、と息を詰める。

『去る夏は結構なものを送っていただきありがとうございました。こちらは先日、偶然発見いたしました。君の大事なものかと思いお送りします』

そして、封筒をひっくり返すと、小さく硬い物が出てきた。

「TOGO.T　BLOOD TYPE：AB」と刻印された銀色のプレート、――自分があの日、失くしたお守り代わりのドッグタグだ。

「……なんで」

声が震えた。わけがわからない。おじさんにこれの話をしただろうか。それよりも、どうやって見つけたのか。

だけど今は――偶然が奇跡に変わるかも。ドッグタグの裏に刻まれた、11桁の電話番号。大昔に刻まれたものだけど、ここに賭けるしかない。

懐かしく手になじんだプレートの感触に、安堵と嬉しさが込みあげる。過度な期待は禁物だとわかりつつ、逸る指先でスマホを操作し、番号を打ち込む。

ダイヤル音が数回鳴り、心臓の鼓動が耳に響くほど大きくなる。

そして――プッと途切れた。

『はい、もしもし』という懐かしい声が、全身を痺《しび》れさせる。

「助けて……、お父さん」

二月の寒さは、骨の芯まで染み込むようだ。空気が澄み、吐く息が白くなる。

「さっむ……」

出かける前にアパートの集合ポストへ向かう。

ＳＮＳやメールなど、デジタルのスピード感に慣れると手紙でのやり取りは永遠と思えるほどじれったい。この二ヶ月毎日確認しているが、なかなか返事は届かない。

今日もだめかな、とポストを開ける。

「あ……！」

思わず声を上げていた。そこに鎮座している茶色い封筒。

「おー、今からどっか行くん？」

少し鼻にかかった広島弁が響いた。

封筒をバッグにしまいながら振り向くと、よそから帰ってきた住人の柏原玲二が自転車を押しながら歩いてきた。

「これから、夕方までバイトです。倉庫なんでキツそうですけど」

「そっか。お疲れ。くっそ寒いけぇ、体調きぃつけてな」

柏原はいつも通り気さくで優しい。年が明けてもう一ヶ月以上が過ぎたが、春の気配はまだまだ遠い。

ふと、冬吾はバイトの話だけで終わらせるのは失礼だと気づいた。

「あ、あと、無事進級できそうです。ありがとうございました」

柏原はぱっと顔を輝かせた。

「よかったのう！　おめでとう！」

冬吾がこのアパートに住むようになったのは、例の火事が原因だった。

夜の丘陵公園で電話を切ったあと、茫然としていた冬吾に、懐中電灯の光が差し込んだ。

『おー、いた！　滝沢くん、大丈夫かー？』

光源の先では、柏原がこちらにむかって手を振っていた。

『なんでここに……』

柏原は丘までの階段を駆け上ると、息を弾ませながら答えた。

『さっき火事があったって速報があってな。それ見て一緒におった久美子が「これって滝沢くんちの方じゃない？」って気づいて』

電話もメッセージも繋がらない。嫌な予感を覚えて現場に行ったところ、大家さんに遭遇し、被害にあったのが冬吾だと聞いたらしい。そして、「どこに行ったかもわからない。でも、公園のほうに歩いていった」と教えてもらったとのことだ。

『古うてすまんのー』

そのまま柏原に乗せられて車で連れて行かれたのは、彼のアパート。築年数の経った木造建築だったが、中は意外と片付いていた。

『ちょうど妹が、九州《きゅうしゅう》へ出稼ぎに行ったけぇ、布団もスペースもあるんよ。気にせんでええ。おちつくまで、ここにおりんさいよ』

温かい言葉に甘え、冬吾はしばらく彼の部屋から学校に通うことになった。

柏原は次年度の公務員試験の合格をめざし、勉強とアルバイトの日々である。それでも、空いた時間には、罹災《りさい》証明や給付金申請など、冬吾の苦手な事務手続きを手伝ってくれたり、短期バイトの見分け方や体力仕事のコツまで教えてくれた。おかげで、冬吾も少しずつ新しい生活に慣れていった。

そんなとき、柏原のアパートで空き部屋が出た。

家賃は驚くほど安く（地元の松戸駅前の月極《つきぎめ》駐車場と同じぐらい）、冬吾はそちらへ移ることにした。

家具や日用品は、冬吾の境遇を気の毒に思った同級生たちがいろいろ譲ってくれた。意外にも一番施しをくれたのは茉奈で、「使わなくなった」と電気ポットや掃除機、テーブル、シャンプーなどを彼女から譲り受けた。ついでに友達を紹介しようとしてくるのは厄介だが。

ともかく、困ったときにに周囲を頼るのは大事なのだな、と学んだ。

また度重なるトラブルで再追試がいくつかあったものの、引越し後は勉強にも集中できるようになり、なんとか試験をすべてパスした。

憑《つ》き物が落ちたように平穏な日々。決して、順風満帆ではないけれど――


冬吾の進級報告を聞いた柏原が提案する。

「そしたら、今日うちで飲もうや。俺がお酒買ってくるけぇ」

「ありがとうございます。でも今日はちょっと……先約があって」

「そっか。じゃ、また今度のう」

柏原はあっさり引き下がったが、冬吾を気にかけて一言付け加えた。

「やっぱ君、かっこええのう」

「なんですか、急に」

いつもの、特に衒いのない柏原の褒め文句だ。深い意味なんかない。

「リサイクルショップで買うたって言いよった二千円のジャケット、全然そうは見えんよ。おしゃれに着こなすけぇ良く見えるわ。俺が着たら作業着感がでそうなのに。なんか、最近またシュッとして、精悍《せいかん》な感じになったなぁ」

一時期は肥えつつあったものの、柏原に拾われてから食生活を見直したのと、学校がちょっと遠くなった分移動距離が増えたため、自然と体重が元に戻った。ただ、それだけのことだ。

それでも、嬉しいもんは嬉しい。冬吾は卑下する代わりに、笑って応じた。

「じゃ、俺行ってきます」

「うん。あ、ところで、今夜の用事って？」

柏原には詮索する意図はない。自分を心配しているだけだろう。

煙に巻いて秘密にすることもできたが、少しだけ得意げになってみたくなった。

「大事な人が、遠くから会いに来るんです」


夕方五時。バイトを終えた冬吾は、広島駅の新幹線改札口前に立っていた。

駅構内は外よりも暖かく、往来のざわめきと電車の到着音が混ざり合って慌ただしい空気を作り出していた。

ポケットの中でスマホが震える。画面を確認すると、短いメッセージが表示されていた。

『いま駅に着いた』

視線を上げると、大きなリュックを背負った人影が改札を抜けて、不器用そうな足取りで周囲をきょろきょろと見回していた。少し大柄な、ごま塩頭の中年男性。

冬吾の姿を捉えると、その人影は嬉しそうに手を上げて微笑んだ。

「ごめん、一瞬切符どこやったかわからんくなった」

「あ、いえ、全然。来てくれて……ありがとう、お父さん」

「じゃあ、飯でも食べに行くか」

再会の挨拶もそこそこに、父の提案に従い、二人は市内電車に揺られて八丁堀の商店街へと向かった。

暖簾《のれん》をくぐる。カウンター越しに炭火の音がパチパチと鳴り、煙の香りが漂ってきた。

「ちょっと過ぎたけど、お誕生日おめでとう!」

父がお猪口《ちょこ》を掲げて声を上げる。

「……って、プレゼント用意するの忘れた。ごめん、ヒトの誕生日祝うなんて久しぶりでさ」

「大丈夫だよ。こうして祝ってもらえるだけでありがたいし、何年ぶりだろうね、一緒にお祝いなんて」

「たぶん、お前がまだちっちゃい子供だった頃が最後だろうなぁ。まさか息子と酒を飲める日が来るとは思わなんだ。しかも、こんなに立派になって……」

父の声に照れが混じっているのがわかった。変な感じだ、と冬吾は思う。

先週、冬吾は二十一歳の誕生日を迎えた。ちょうど試験も終わって時間ができたところで、父が「福岡《ふくおか》の出張ついでに」と広島を訪ねてきてくれたのだ。WEBサイト構築を請け負うフリーランスの父は、普段はオンラインの仕事が中心だが、必要に応じて取引先とは直接顔を合わせるという。

湯気の立ちのぼる漆塗りの器の中で、香ばしいタレをまとったあなごが整然と並んでいた。割り箸でそっと持ち上げると、軟らかくほぐれる食感で、噛むたびにじんわりと旨味《うまみ》が広がる。

「それで、火事の方は大丈夫なの？」

父の質問に、冬吾は一瞬返答に詰まった。すっかり落ち着いた今では、説明するのが恥ずかしい。

「知り合いが泊めてくれたし、今は大丈夫だよ」

「そっか。お前から連絡がきたときは、ホントにびっくりしたよ」

父は少し躊躇うように、口を開いた。

「まさかあの『お守り』をずっと持ってたなんてな」

『困ったらここに電話して。パパがすぐに助けに行くから』

父はそう言って、自分の携帯電話番号を刻印したタグを、まだ小さかった冬吾の首にかけた。もう十年以上前の——図書館で迷子になった事件の、一ヶ月ほどあとのことだった。

自分の手元に戻ってきて、すがる思いでその番号にかけた。繋がるかも分からなかったのに、確かに父の声が聞こえてきた。

『えっ、火事に遭ったって？　一文無し？　すぐ送金するけど……この時間じゃ銀行やってないよな。ちょっと待って、方法考えるから！』

あの時は自分よりも慌てているんじゃないか、というぐらい電話口で焦っていて、逆にこちらは冷静になったものだが。

「……でも、お父さんがすぐ動いてくれたから、俺も思い詰めなくて済んだよ」

感謝を込めてしみじみと呟く。すると父は何故か声を潜めて言った。

「実はさ、お母さんが病気になったって、あの電話のちょっと前に、君の友達の……裕翔くんからメールがあったんだよ」

「え、裕翔から？　マジで？」

意外な名前が出てきて驚いた。父は噛みしめるように笑って頷いた。

「でも、どうやってお父さんのアドレス……」

「ああ、会社のホームページに載せてるから。僕の名前で検索したらヒットしたみたい。大昔会ったことあるけど、あの子も結構切れるよねぇ」

中学生の頃、本当に短い時間だけ、裕翔と父は顔を合わせている。父も裕翔も、そのときのことを覚えているのだろう。

「それで、お前のことが気がかりで。でも、こうして元気そうな顔を見られて本当に安心したよ」

だから話が早かったのか、と思わず呆ける。

パチンコと競艇に有り金つぎ込むような裕翔が、自分の心配をしてわざわざ父を捜していたなんて。周りのことなど全く気にしない奴だと思いこんでいた。なのに自分に内緒でそんなことを……、なんか、ちょっとうるっときた。

「お母さん、どうしてる?」

感動しているのを知られたくなくて、お茶を啜りながら切り出す。

母の病状を知った父は、すぐに甲府《こうふ》の家を引き払い、松戸の実家に移り住んでいた。全国どこでも仕事ができるフリーランスの強みを活《い》かしての決断だった。

「元気ってほどじゃないけど、まあ頑張ってるよ」

父は箸を置き、お猪口を手に取る。声にはのんびりとした響きがあった。

「春ちゃんは、真面目で頑張り屋さんだからね。発話も歩行訓練も療法士の先生に褒められるぐらいやってて、思ったより回復が早いみたいだよ」

「そうなんだ……」

箸を止めた冬吾は、小さく息をついた。

二人はもともと高校の同級生だった。芸術家タイプの自由人の父と、生真面目な優等生の母。その頃は接点がなかったという。大人になり再会し、付き合うようになったものの、母の実家は定職についていない父との結婚を許さず、母は反対を押し切るように出奔した。

結局、知人の保証人になったり、人の良さから問題を起こしがちな父に耐えられず、離婚。「ほらみたことか」と言われたくない故か、母は実家とはますます距離を置くようになったようだが――

「まあ、そういう性格だから、病気になるまで無理しちゃったんだろうね」

父は苦笑しながら続けた。

「でも、だいぶ丸くなった気がするよ。この前なんて『いつもありがとう』って言ってくれてさ。体が動かなくてイライラしてるはずなのに」

心がきゅっと縮む。感謝などほぼ口にしなかった母が、変わりつつあるようだ。

「あとね、ロボット掃除機と乾燥機と食洗機と自動調理鍋、前の家から持ってきたんだよ」

「なんか、いろいろ使ってるんだね」

「そうそう。あれがあると、家事がだいぶ楽になるんだよ～。リハビリ中で動けない春ちゃんにとっても便利だし、僕自身もかなり助かってる」

　どちらかというと自分に似ておっちょこちょいで頼りない性質だと思っていたが、意外にもヒトの役に立つことに喜びを覚えるタイプだったらしい。日常生活も、最新のテクノロジーを利用してどうにかこなしている。

「……で、また籍入れるとか考えてるの？」

　それとなく尋ねると、父は少し考え込んだあとで首を振った。

「それは、まだよくわかんないなぁ」

「どうして？」

「ほら、僕も独立したばっかりで収入とか不安定だしね。借金は返せたけど。春ちゃんのことは、暮らしてて不便なことがあったら助けたいとは思うけど、また同じ方向向いて一つの家族としてやっていくってなると……どうしてもお互い甘えが出ちゃうだろ？」

　そう言いながら、父は箸であなごを崩し、ゆっくりと噛みしめた。

「まあ今ぐらいの距離感でいいんだと思うよ。春ちゃんがまた仕事できるようになったら、僕なんて捨てられるかもしれないし」

　そうかな、と思いつつ、そうならなければいいな、と冬吾は願った。

「あー、しまった」

広島駅の改札前で、父が立ち止まった。冬吾は歩みを止め、父の表情を窺う。

「クライアントさん用に広島土産、買っとけばよかった」

父は照れくさそうに笑い、リュックをずり上げた。

父はこれから博多《はかた》へ向かう。乗る予定の山陽新幹線の発車時刻はもうすぐだ。名物のもみじ饅頭や柿羊羹《ようかん》が並ぶ売店は改札近くにもあるが、時間が足りない。

改札へ歩き出す足取りに、ふわふわと名残惜しい雰囲気が漂っていた。

「お父さん」

思わず声が漏れた。父が振り返る。

「戻ってきてくれて、本当にありがとう」

今生の別れになるとは思えない。それでも人生は予測がつかない。伝えておかなければならないことが、胸の中で膨らんでいく。

「いや、こっちこそありがとな。冬吾とこうして話せて、よかったよ」

父の一瞬の沈黙に続いて、声が沈んだ。

「……ごめん」

「何が？」

父は首を傾げた。

「俺がもっとしっかりしてたら、こんなことにならなかった。部屋は火事にするし、お金の管理もできないし、モノもすぐぶっ壊す。自分のことぐらい自分でどうにかできるって言えてたら、お母さんも心配し過ぎて倒れずに済んだのに」

長年溜め込んできた負い目が、堰《せき》を切って溢れ出す。

「なのに、推しの出身地だからって馬鹿みたいな理由で遠くの大学を選んで、いざってときにもすぐ帰れなくて。お父さんだって、これまでの生活を諦めてお母さんのために戻ってきてくれて、その間俺は呑気《のんき》に学生やってて、なんか、それって……」

声が詰まる。喉の奥がひりつく。

「しっ……し、しのびないじゃん」

すると父は吹き出した。

「君はたまに、独特の言い回しするよねぇ」

真摯な謝罪のつもりが笑われ、頬が熱くなる。もっと適切な言い方があったはずなのに。

「君には推しがいるって言ってたよね」

唐突な話題の転換に戸惑う。普段なら推しの話題が出た瞬間、声が弾んで止まらなくなるのに、この空気では素直に喜べない。

「うん……、それがどうしたの？」

「たとえばその推しがさ、何年もかけてブレイクして、悲願の紅白初出場が決まったとする。でも出演直前に、事務所の不祥事かなんかが起きた。彼女たちは悪くないけど、煽りを食って紅白にも出られないかもしれない。そんなとき、どう思う？」

「いやそんなの……、せめて紅白だけは出て歌ってほしいよ」

「だよね。推しが今まで頑張ってきた日々を知ってるし、応援してきたから、晴れ舞台に立ってほしいと思う。それを後押しするために、自分にできることは何でもしたい。そうだよね？」

無意識のうちに前にのめる。頷きも、いつもより深くなっていた。

「それと同じなんだよ。僕にとって、冬吾が推しなんだ。離れている間も、何やってるのかなってずっと気にしていたし、元気でいてほしい存在なんだ」

「あ」と声が漏れる。まさか父がそんな比喩を。しかも自分のことを推しだなんて。

「追加するとね」

父は目を細め、声をひそめた。大切な話をするときの、いつもの仕草。

「親にとって一番大事なのは、子供が親なしでも生きられるようにすることだと思うんだ」

その一言が、喉元を熱くした。

「君は、その足がかりとしてお医者さんになる道を選んだ。他の人より時間がかかるし、落ち込んだり焦ったりするかもしれない。そんなとき、僕ができる最大限のことは、卒業まで勉強を続けられるようにサポートすることなんだよ」

「でも、俺、推しみたいにかわいくないし、歌えないし踊れないし、ファンサもできないんですけど」

「はぁ⁉　うちの息子は世界一かわいくて頭良くて、ちょっとポンコツなところがたまらないんですけど⁉」

周囲の通行人が振り返る。冬吾は「なんでもありません」と肩をすくめた。

「だからね、自分のやってることは親不孝だなんて思わないでね」

答えられず、父の口元を見遣る。

「親孝行なんて、自分が幸せになってからすればいいんだよ」

ずっと欲しかった答えが、こんなにも近くにあった。喉の奥がかすかに震え、視界が少しだけぼやける。目の前の横顔に、懐かしい記憶が重なる。

「あっ、もう時間だ！　行ってくるね！」

慌ただしく手を振り、改札へと駆け出す後ろ姿。自分に似たそそっかしい動作に、思わず笑みがこぼれる。

冬吾もおぼつかない足取りのまま、駅の外へと足を向けた。

解氷の空気が、地酒で火照った耳を撫でる。

イヤホンをつけると、スマホを取り出した。

最近またメッセージを送ってくる人から「この前の件、どうする？」と催促が届いていた。ありがたい誘いではあるけれど、それには一旦返信をせず、♫マークのアプリを立ち上げる。


『今息が苦しいのは、羽ばたく準備をしているから　誰もが最初は、翼を開けない』


スカイツリーの展望台で「私も好きです」と言っていた曲。場末のホテルの一室で一緒に歌った曲。浪人時代、不意にラジオから流れてきて救われた曲。

一時期は日に何度も聞いていた。久々に耳にしたけれど、聞けば勝手に口が歌詞をついて出る。そういえば今はツアー中だ。この曲もまた歌われているんだろうか。

今また同じように息が詰まりそうになるけど、もう一人じゃないし他人に振り回される必要もない。誰かを支えられる人になるまで、少しずつ前に進んでいく。

——だからこのメッセージには、ちゃんと「ＮＯ」と断ろう。

それは、一週間前だった。夏休み以来、顔を合わせていない妹からの突然の連絡。

『くるみ～っ！』

『Bouquetの来週の大阪のライブ✨』

『二枚確保したから一緒に行こ～！』

『アリーナ後方やけど、超良席やで😊』

（なんやねん急に……）

画面に踊るテンションの高いメッセージに、眉をひそめた。

ここのところ、このみとの関係は微妙になっていた。夏休みは彼女の家に泊まり込んで楽しく過ごしたはずなのに。最後は言い争って、スッキリしないまま寮に戻った。年末年始も、このみは体調不良を理由に実家に帰らず、自分も多忙を理由に東京へ行くこともしなかった。

そんな妹からの、この唐突な誘い。

文章のやりとりだけなら普通の姉妹と変わらないのに、直接会えば気まずい空気が流れるのは目に見えていた。

隙間バイトも入れたいし断ろうと思った。だが、このみは食い下がってきた。

『やっぱり脚がまだ不安やねん😟　くるみが一緒やったら、倒れても安心やもん！　アリーナ席やし、人多いし、一人やったら怖いの😣　お姉ちゃん、お願い🥺』

　くるみは画面を指でなぞった。確かにそうだ。

あの事故以来、このみは走れない。ライブ会場で転んでも、周りはきっと気づかない。それでも、Bouquetのライブなら友達を誘ってもいいだろうし、あの人だっているのに――

「ってことは、もしかして……」

　考えかけて、くるみは首を振った。

　このみから、彼についての相談を受けなくなって久しい。このみは誘えなかったのか、断られたのか。あれから二人の間に何があったかはわからない。

　自分からは訊けないだけに、悪い方に想像が傾く。胸が痛い。妹が悲しい思いをするのは、やっぱり苦手だった。

　渋々了承した途端、今度はこのみから細かい指示が飛んできた。

『そしたら、髪切る予定あったらやめてな。　あとBouquetプロデュースの服、いま買えんねん。一緒に着よ💓』

『ええやんそんなん』

『せっかくの機会やん☆　白のワンピースがめっちゃ可愛いくて悶絶《もんぜつ》もんやで💓

まだうちらの年なら、リアル双子コーデがギリギリ許される!!』

返信もせぬうちに、このみのプランが画面上に次々と並ぶ。

髪型はハーフアップで、前髪は右寄せ。チークは薄めのピンクで、アイラインは目尻を少しだけ上げて。「Bouquetそっくりメイク」なんて、写真付きの見本を送ってくる。

（なんで、こんなに必死なん……？）

くるみは呆れながらも、このみの熱意に負けた。

普段は大人しい妹だけど、こんなに楽しみにしているなら……と、指示通りにワンピースを買った。ちょうど入れていた美容院の予約も延期して、伸びた髪のまま行くことにした。


ライブ当日、くるみは実家の玄関の姿見を見て、思わず笑った。

「誰やねんこれ」

白いワンピースに、長く伸びた髪。鏡の前で右に流した前髪。

そこにいたのは、間違いなく妹のこのみだった。小さい頃から何度も見てきた姿そのもの。軽く右足を引きずる歩き方を真似ると、鏡の中の姿は完全に妹になった。

「あれ？　このみ、帰ってたん？」

奥から聞こえてきた母の声に、くるみは背筋を伸ばした。

「ちゃう、くるみや。このみは今ごろまだ新幹線やで」

「うそ。もう、見分けつかへんわ。髪型のせいやろか？」

母の何気ない一言に、くるみは少し落ち着かない気持ちになる。

たしかにこの格好は日頃の自分らしくない。無理に合わせているのは、きっと母にも伝わっている。でも、それ以上は何も聞いてこないのが、今はありがたかった。

「じゃ、行ってくるで」

二月も終わりに近づくというのに、外はこの冬一番の寒さだった。電車を乗り継ぎ、大阪の街を歩きながら、くるみは時折鼻先を襲う冷たい空気に眉をひそめた。天守閣《てんしゅかく》を抱く城を見上げる道で、吐く息が白く凍る。吸う息が冷たすぎて肺が痛い。

会場に着くと、巨大な円形の建物の周りは、厚手のコートを着込んだファンたちで溢れかえっていた。手袋を忘れたくるみは、スマホを操作するたびに指先が痺れた。

『着いたで』

このみに送る。すぐに既読がつき、返信が来た。

『ごめん😭列車が遅延でぴえん。先に入ってて！』

『は？　遅刻すんの？』

『大丈夫！　開演までには絶対行く！　お願い😭😭』

　くるみは眉をひそめた。人身事故で電車が止まるのは仕方ない。でも、このみのことだから、朝からのんびりとしすぎて、ギリギリの電車に乗ろうとしたのかもしれない。

（まあ、いつものことや）

　くるみは手に息を吹きかけた。仕方ない。スマホのチケット画面を開き、毛先まで凍えそうな寒さに耐えながら、入場を待つ。

　開演十分前。くるみは指定された席で、落ち着かない様子で周囲を見回していた。

　このみの言う通り、席は遠いけど真正面だった。あちこちでファン同士が楽しそうに話していて、くるみはメイクを確認して気を紛らわせた。このみの指示通りに仕上がっていると思う。「ちゃんと予習してきてね」と送られてきた動画は、全部観きれなかったけど。

　開演が刻一刻と迫るにつれて、アリーナ席はぎっしりと詰まっていく。その中で、自分の左隣だけが空いているのが気まずい。メッセージを送信したが、何故か既読にもならない。

　スマホで時間を確認しながら、妹を今や遅しと待っていると、左側から声がした。

「すみません、前とおります。あ、ごめんなさい」

このみとは違う――のに聞き覚えのある声に、くるみは思わず体が強張った。手の震えはもう寒さのせいではない。

「このみちゃん、ごめんね。遅くなっちゃった」

スマホを滑り落としそうになった。隣の席に現れたのは、紛れもなく滝沢冬吾だった。開演前の熱気に包まれた会場で、くるみだけが呼吸を忘れていた。

（……なんでここにおんの？）

状況が全然わからない。

空席だった隣に滝沢が来て、自分を「このみ」と呼んだ……ってことは、このみは滝沢と会う予定だったのか？　だったら何故自分はここにいる？

そういえば、この人は大きなトラブルに遭ったと噂で聞いたけれど、もう大丈夫なのだろうか。

すこし角張った横顔は、前に見たときより痩せて少し大人びていた。だけど、新品のTシャツの首元にタグがついたまま。この抜けてるとこは変わってない。

「雪のせいで電車遅れてさ……って、このみちゃんは東京からだよね。新幹線、ちゃんと動いてた？」

背中を冷や汗が伝う。

このみじゃないとわかったら、滝沢はがっかりするに違いない。せっかくのライブの前なのに、自分を振った女になんか会いたくないはずだ。

「遅れてた……かも、です」

くるみは下を向いて呟いた。罪悪感から、このみっぽい言葉遣いが自然と出る。

「結構久しぶりだよね。最近、調子はどう？」

「え、ええ、元気です」

短く答えるが、敬語だけは崩せない。心臓が早鐘を打つ。

「会場広いし人も多いから、気分悪くなったら言ってね」

くるみは震える指でスマホを握り締める。

本当に、なんなんだろう。滝沢はこのみが来ると思っていて、自分もこのみが来るとばかり思っていた。わざと引き合わせたのだろうか。メッセージを送っても、このみは一向に既読にもしてくれない。

「あの――」

尋ねかけたとき、照明が落ち、Bouquetの代表曲『Re：Re：Remembrance』のイントロが流れ始める。

歓声と共に一斉に起立する中で、手元のスマホの明かりだけが目立つ。慌てて画面を消し、バッグにしまいこむ。このみに連絡するタイミングを逃してしまった。

「みんな――、よくきたね――――!!!」

センターのす～ちゃんの衣装が、漆黒の闇に紅い花を咲かせる。滝沢は小さく身を乗り出してステージを凝視していた。大きな口からメロディを口ずさんでいる。

「ステージ、結構遠いけど見えるかな？」

滝沢が振り返って確認するように言った。

「あ、はい」

優しい口調に、くるみは余計ぎこちなくなる。けれど滝沢は気にした様子もなく、ステージへ目を戻した。

ノリの良いイントロが流れて、会場全体が同じフリをし始めた。

（やば、うち、この曲ぜんぜん知らん）

初期のヒット曲なら妹がよく聴いていたからわかるけれど、最近の曲はチェックから漏れている。

滝沢がくるみの肘に触れる。指先が震える。

「あの…振り付け、わかる？　もし知らないなら……あっ、ごめん、俺が教えるなんて偉そうだけど」

「な……お願いします」

「ここで両手を上げて……あれ、クロスが逆かな。あっ、ごめん、こっちだ……」

不器用な滝沢が懸命に教えてくれる姿に、くるみは思わず吹き出しそうになった。

肩と肩が触れる距離。暗闇に、ペンライトが光の軌跡を描いていく。

眩《まばゆ》い光と高揚する音とが織りなす興奮に、今までの気まずさも、嘘をついている罪悪感も、すべてが幻のように呑み込まれていった。


アンコールが終わり、客電がついた。会場を満たしていた歓声が余韻となって、ゆっくりと広がっていく。

「今日も、よかった……」

「そうですね。す～ちゃん、最高でした」

「やっぱりすごかったよね。今日の新曲のサビ前のあのスピン、絶対軸ブレてないし。あの展開でフォーメーション組むの難しいと思うんだけど、す～ちゃんの安定感がすごくて……って」

滝沢の声が途切れ、くるみは肩をかすかに震わせた。

（やば、気づかれた？）

「あ、ごめん。こんなマニアックなこと言われてもわかんないよね。俺、つい」

「いえ……、滝沢さんはダンスもよく観てるんですね」

このみを真似て標準語を意識するだけで、全神経を使い果たしそうだ。それなのに、心までねじれて痛くなる。

妹になりすました自分に優しくしてくれる滝沢の笑顔も、もうすぐ見納めだ。

通路に向かって歩き出す。出口に向かう観客の波に交じって、ワンピースのスカートを手で押さえながら、脚の具合を気にするようにわざとゆっくりと進んだ。

外に出ると、ライブの間に降りだした雪が薄く積もっていた。

広場へと続く階段を降りるとき、滝沢が自然に肘を貸してくれた。

「階段、結構急だね。気をつけて」

「あ……、ありがとうございます」

滝沢の腕の温《ぬく》もりに触れて、声が上ずる。

横顔を見られないように俯いても、温かな息遣いが傍で感じられて鼓動が早くなる。

自分は「このみ」だ。だから素直に甘えてもいい。そう自分に言い聞かせた。

「寒くない？　あ、でも広島の方が寒いのか。いや、でも大阪も寒いよね。なんか全然わかんなくなってきた」

「この辺は、滅多に雪とか降らないいんですけどね。だからちょっと特別な感じがします」

冬の最後を惜しむように降る雪の中、駅の明かりが近づいてきた。

あと少しで別れの時間だ。そう思った瞬間、滝沢の足が止まった。

「今日は、このみちゃんに謝らなきゃな、って思って来たんだけど」

くるみは息を呑んだ。黒目がちな滝沢の瞳が、いつもより真剣な色を帯びている。

「……知ってるかもしれないけど、俺、母親が病気になって、大学続けられるかどうかわかんなくなっちゃって。しかも住んでたところも火事になったり、一時期どん底で。でも、そこで助けてくれた人がいて……すごいいい人で。それから父親に連絡がついて、お願いして実家に帰ってきてもらって、どうにかなったんだ」

「そうなんですね。よかったです」

くるみは胸を撫で下ろした。

母親の病気のことは自分もずっと気がかりだった。それにこれまでも度々、滝沢は父親への未練を匂わせていた。その父親が戻ってきたことは彼にとってもいいことだろう。

(でも、「謝らなきゃ」って……)

予感にざわつく。「助けてくれた人」という言葉に引っかかる。

「最近ようやく試験も終わって、落ち着いたところで。俺なんてずっと連絡できてなかったのに、今回誘ってもらって、本当に楽しかったし、このみちゃんには感謝してる。けど……」

不穏な予感が募り、思わず聞き返す。

「何か、あったんですか？」

「いや、あの……」

滝沢が何度も言いかけては呑み込む。決意と躊躇が交ざった表情。ぎゅうっと、胸が、今までの人生で一番痛くなった。

ああ、この展開、今まで何度も見聞きしてきた。感謝のあとに「けど」なんて逆接がきたら、続きはもう決まっている。「ごめん」か「さよなら」だ。

さっきの「助けてくれた人」が、彼のいいところに気づいて、寄り添ってくれているのだろう。少し落ち着いた雰囲気になったのも、きっとその証拠だ。このみではない誰かを選んだと、彼は告げようとしている。

彼が誰を好きになろうとも、最後は結局本人の自由だ。わかっている。なのに感情が追いつかない。

こんな結果になって、このみにも申し訳が立たない。でも、それよりも――

「大丈夫？」

突然の声に、くるみは我に返った。目の奥が熱くなって、喉が詰まる。

「大丈夫です。けど、ちょっと、待ってください」

視界が滲まないよう、必死に瞬きを繰り返す。

滝沢が一歩、近づいてきた。雪に濡れた前髪の下から顔を覗き込んでくる。

「うん。待ってる……。待ってるから、ちょっと聞いて」

優しい視線が痛くて、思わず目を閉じた。

嫌だ、と首を振る。それでも構わず、彼は続けた。

「ほんとにちょっとだから聞いて、くるみ」

「……は？」

思わず素が出た。目を見開いて、滝沢を見返した。

「今なんて言ったん？」

「くるみ……って。違うの？」

「違わんけど違う……、って」

くるみは自分でも何を言っているのかわからなくなって、慌てて付け加えた。

「いつからうちだって気づいてたん？」

「開演前……かな？」

「そんな早く？　親ですら間違えんのに？」

滝沢は弱ったように「そりゃ、まぁ」と俯いた。

「物を取るときの指の動きとか、座り方の癖とか、ピアスの穴とか、些細なことが気になっちゃって。このみちゃんは人差し指でスマホ触るけど、くるみは親指だよね。あ、あのバッテリー持たないスマホじゃなくなったんだね」

そうだ、この人はただの不器用なお坊ちゃまじゃない。たまに並み外れた能力を発揮する。そんな実力、いま出さなくてもいいのに。

「なんで黙ってたん？」

「だって……」滝沢は首元を掻きながら言った。「最初自分も『このみちゃん』って呼んじゃったから、それに付き合ってくれてるのかなって思って」

「なんやそれ！」

耳の奥まで熱くなった。なんのために必死に演技していたのか。声色を変えて方言を抑えて、歩き方までこのみに寄せて。全部、バレバレだったのだけど。

（恥……っずう!!!）

気づいてるんやったら茶番やん、言うタイミングなんかいくらでもあったやろ、ほんま意味わからへん、と逆ギレに似た思考が回る。

「帰らな」

そう言い捨てて背を向けると、くるみはスカートを揺らして歩き出した。

「え、ちょ……っ！」

人波を縫って、足早に歩き出す。路地に差し掛かったところで、後ろから慌ただしい足音が近づいてくる。

「くるみ、待って！」

振り返ると、滝沢が息を切らして立っていた。

「待って、逃げないで！　話、まだ終わってないんだ！」

周囲のファンが振り返る。ライブ帰りの観客たちの中に叫び声が響く。必死さに胸が震えたけれど、こんな人の多い場所でやられるのはきつい。

「もう、あかんて！　みんな見とるやん！」

そう言い残すと、くるみは人混みの中へ駆け出した。自分の内側からも、必死で逃げ出すように。

❄

【まなてぃ：また物好きな女が現れたよ。ごっちゃんの写真見たら会ってみたいって。今回の子は、顔◎、性格◎、おっぱいでかくて金持ちの娘。過去イチの超絶優良物件なのだが。どう？　会ってみない？】
【105：そんだけハイスペックなら僕じゃなくてもw　他の男子紹介してあげて】

茉奈から友達を紹介されそうになるのは、これで四回目だ。世話になっているものの、やはり苦手意識は抜けず、彼女に交友関係まで踏み込まれるのは辛い。毎回断っているのだから、いい加減諦めてほしいものだが。

スマホを一旦充電器に繋ぐと、父と逢《あ》った日の朝に「大阪のおじさん」から来た手紙を読み返した。

『無事届いたようでよかったです。ご質問の「落とし物発見に至るまでの経緯」ですが、知人に確認したところ……』

「やっぱり……」

父親と再び繋がるきっかけとなったドッグタグ。あのとき送られてこなければ、今頃自分はくたばっていたかもしれない。おじさんに再び感謝の手紙を送り、「どうやって見つけたのか」を尋ねたところ、この返信があった。

文中の「発見してくれた人」の記述をそっと撫でる。ある意味予想通りだったけれど、どうして直接名乗り出ないのか。

考え事をしていると、再びスマホから通知音が鳴った。何気なくそちらを見る。

【knm：滝沢さん、突然ごめんなさい💦 来週、大阪でBouquetのライブがあるんですけど、もしよかったら来てくれませんか？🥺】

可愛らしい絵文字が浮かぶ画面に目を留めたまま、冬吾は動けなかった。

この半年近く、このみとの連絡は途絶えていた。彼女の気持ちをないがしろにしてしまった自分は、誘いに乗っていい立場にいるのだろうか。

（でも……、これがあの子たちと繋がる最後のチャンスかも）

ならばどうしても、伝えたいことがある。冬吾はこのみに了承の返事を送った。

そうして辿《たど》り着いた会場。このみから送られてきたチケットを見せて、ギリギリで入場したのだが、

『遅れてた……かも、です』

隣席の女の子の、歯切れ悪い喋り方に違和感を抱いた。

もう一度他愛《たわい》のない質問を投げかけ、仕草を盗み見て確信した。

（くるみ……だよね）

あの日から変わらない仕草。けれど話し方だけ違う。肘が触れそうな距離にいる。

もう二度と会えないかもと覚悟していただけに、喜びが抑えきれなくなりそうだ。

何故このみのフリをしているのかはわからない。何度も「くるみ」と声をかけそうになった。でも周囲のために我慢して、手紙の文面を思い出しつつ終演まで待った。

『知人に確認したところ、中華料理店で待ち伏せされ、私と連絡を取ってほしいと頼まれたそうです。発見したのは、あのとき一緒にいた女の子で間違いないです』

そして、今。

叫び声が冷たい夜気に溶けていく。

「くるみ!」

なんでそこまで必死に逃げるんだろう。さっきまで素直な笑顔で隣にいてくれたのに。どうして、こんなにも遠くへ行こうとするんだろう。変わり身が早すぎる。

「待って! もう、逃げないでよ!」

電柱を避けようとして段差につまずく。くるみの後ろ姿が駆けていく。

「あ、危なっ」

後を追いながら、人混みを縫う。視界が揺れるたび、彼女の姿を見失いそうになる。

城址《じょうし》公園を出て、大通りに。白いコートの女の子は歩道橋へと走っていく。

「待ってってば!」

階段を駆け上がる。息が上がり、視界が揺れる。

歩道橋を渡り切り、向こう側の階段に差し掛かる。数メートル先で、くるみが下りていく。その瞬間、蛍光灯の光が目に染みて、景色が歪んだ。

歩道橋の上で体が凍りついた日の記憶が、不意に蘇る。流星のように遠ざかるヘッドライト。濡れた舗道の感触。嘲笑する通行人。

「うわっ！」

一瞬の浮遊感。地面までの距離がわからない。手すりを掴み損ね、足が空を切る。光も影も、音も、全部がぐちゃぐちゃに混ざり合う。雪で滑りやすくなった階段が、冬吾の体を放り出した。

右足首がぐいっと内側に折れ曲がり、背中を強く打ったまま段差を滑り落ちる。靭《じん》帯《たい》が引き延ばされる痛みが、足首から膝まで駆け上がる。呼吸が止まりそうになる。

（ああ、もう……）

こんな大事な場面で失敗するとは。でもそれはいつものことだ。

卒業式で証書を受け取るときに転んで、入試でマークシートを一個ずつずらして、キャンプで大事な食材を炭化させて、実習で切っちゃいけないところを切って。ミスをしてはいけないときに限って必ずやらかす。緊張すればするほど視界が歪んで、体が言うことを聞かない。

今回も、せっかくライブで会って、やっと話せたのに。余計なこと言って逃げられて。アホみたいに追いかけて、こんなところで転ぶなんて。

「ほんと、最悪……」

自分の意志とは無関係に、失敗する運命かなんかみたいだ。

階段の下でうずくまったまま、冬吾は動けなかった。足首が痛む。この分だと、帰るときも大変だろう。

「……どうしたん？」

予想もしなかった声に、冬吾の鼓動が跳ね上がる。

ゆっくりと顔を上げると、肩で息をつくくるみが、溶けた雪に前髪を濡らしていた。

「まさか転んだんか？　雪降ってるし危ないやろ」

「う、うん…」

くるみが手を差し伸べる。

「こっちや」

その手を握り、よろよろと立ち上がる。冬吾は腕を支えられ、歩道橋から離れた。

城の濠《ほり》に沿った植え込みの前で、くるみはようやく立ち止まった。

冬吾が段差に腰を下ろすと、くるみはその前に立った。ときおり通り過ぎる車のヘッドライトが、彼女の影を引き延ばしていく。

「話ってなに」

冬吾は返事に詰まった。伝えたいことは山ほどあるのに出てこない。

「もう遅いし、はやくせんと」

焦った。くるみの声に追い立てられ、頭に浮かんだことを口にした。

「岬の街で……海で落としたドッグタグ。あれ、見つけてくれたの、くるみだよね」

「え……」

「あの、おじさんに手紙で経緯を確認したんだ。そしたら、そう教えてくれたから」

くるみは苦い顔をして視線を落としている。

「また海に潜ったの？」

長いため息と共にくるみの撫でた肩が落ち、諦めたように口を開いた。

「いや、たまたまあの辺ドライブで通ったから、気になって寄ってみててん。そんでちょっと歩いたら堤防の手前の、草むらの中に光るもんがあってな。これ、兄ちゃんのオトンとの思い出のやつやんって気づいたんや」

冬吾は目を閉じ、車を停めて、港の近くの草むらを捜すくるみの姿を思い浮かべる。

「そんで、あの中華料理屋に行ったら、またあの常連のおっちゃんがおってな。『兄ちゃんのこと広島までおくったおじさんと連絡取れへん？』って訊いたんや。もしかしたら住所覚えてるかもしれへんと思ってな」

「そうだったんだ……」

頷くものの、ドライブで寄っただけ、運良くすぐ発見して、再会も偶然で……なんて、さすがに信じられない。

わざわざおばあさんの車を借りて岬まで行って、立ち寄った場所を捜索して、常連のおっちゃんに会えるまで待ってくれたんだろう。どれだけの労力と時間だったのか。想像して噛みしめる。

「あれが戻ってきたから、お父さんに助けてって言えたんだ。今、こうしていられるのも、全部くるみのおかげだよ」

「そんな大したことやない」

そっけなく切り捨てられ、怯《ひる》みかけたが食い下がる。

「でも俺、本当に助かったんだ。それからずっと考えてた。今日はこのみちゃんにもそう言おうと思ってきたんだ。俺、やっぱり——」

「だから、そんなこと言うたらあかんて！」

予想以上に強い声に、続きを呑み込んだ。

「なんでわざわざおっちゃんに頼んで送ったと思う？　直接渡したくないからや」

「あ……」

「おじさんにも『うちが見つけたんやって書かんといて』って念押ししたのに。なんでバラしてしもうたんやろ」

綺麗に描かれた眉が痛々しく寄っている。凍える空気の中、返す術が消えていく。

「今日だって、このみが来るもんやと思っとったんや。まさか兄ちゃんが来るなんて……あの子、何考えてんのやろ。いたずらにしたって笑えへんわ。正直、兄ちゃんに会いたくないから、ずっと避けとったのに」

　絞り出すような声で言い放たれ、頭が真っ白になった。

　会いたくなかった——ここに至るまで自分は、二度と会えないかもと言いつついつかまた彼女が戻ってくると、せめて友達にはなりたいと、都合のよい希望を抱き続けてきた。彼女はそれすらも拒絶していたというのに。自分の浅はかさを思い知る。思い込みも希望も、一気に崩れていく。ただ座っているのも難しくなって、首から力が抜けた。

「なんでそこまで距離を置きたがるの？　俺……、そんなに迷惑だったかな」

　見上げると、くるみは視線を合わせずに首を横に振った。

「兄ちゃん、ちゃんと前向いて歩けるようになったやん。……うち、そんな人の幸せを壊す資格なんてないねん」

　彼女の過去は知っている。同級生に想いを寄せられ、その子が事件を起こしたこと。家族の反対を押し切って入った学校だったのに、居づらくなってしまったこと。きっと、再び誰かを傷つけてしまうことを恐れているんだろう。

　だからこそよくわからない。

　会いたくないと言うくせに、転んだら戻って来た。突き放すようなことばかり言うのに、こっそり失くしたものを届けてくれた。中身は同じなのに、このみの姿では笑って話してくれた。——ただの他人で、一生会うこともない男なのに、助けてくれた。

頭の中が混乱して、呼吸が浅くなる。体の芯から凍えて、拳が震える。

凍《い》てつく夜空の下で、ずっと堪えていた想いが一気に溢れ出した。

「そんな……、そんなの、決めつけんなよ！」

我慢できない。

いつものように黙りこむことも、思いを抑えつけることもできない。

「誰にでも親切すぎて、優しすぎて、それですげぇ嫌な思いをしたのはわかってる。でも俺は、そんな子だから救われたんだ。歌がヘタな奴とも一緒に歌って、道に迷っても楽しそうで、財布のために海に飛び込んじゃうような……ものすごいおせっかいで、いっつも他の人のこと考えてて、それでも笑ってて。たまに困ったことになったって、何とかしようっていう気合いと度量があって。そういう子に巡り会えて、ドジでマヌケで鈍くさくても大丈夫だって思えた。人生変わったって思ってる。一生忘れられない。会えなくなるなんて嫌だ。なのに誰の幸せ壊すって……誰が資格がないって、なんで決めつけるんだよ……！」

彼女と最後に会って二つの季節が過ぎた。

その間もがき苦しんで、少しずつ前を向けるようになって、やっと気づいた。

確かに世の中に出会いは溢れている。可愛い女の子も、気が利く女の子も、まだ見ぬどこかにきっといる。

だけど——結局どれほど迷っても、同じ場所に辿り着く。

『でも、あれ大事なもんやろ？』

初めて自分の思いを尊重してくれた、見知らぬ女の子。忘れられるわけがない。

どうせ自分はあの日の強烈な思い出を、何があっても抱えたまま生きていくしかないのだから——


「誰がおせっかいやねん」

吐き捨てるような呟きに我に返る。寒気が背筋を這った。また空気の読めないことを言った、と激しく自己嫌悪する。

「そこまでわかっとるのに、なんで気づかれへんねん」

投げやりな台詞《せりふ》とは裏腹に、目は赤く潤んでいる。溶けた雪が頬を伝っていた。

「こんなしんどい人のこと、ほっとけるわけないやろ」

突然、手が伸びてきて、冬吾の髪に触れた。

冷たい手。なのに思いが溢れて泣きそうになる。ああ、そういうことだったのか、と急に胸が暖かくなる。

理由なんてわからない。でも、子供のように髪を梳《す》かれるたび、不安も、寂しさも、少しずつ削《そ》ぎ落ちていく。

「くるみ、俺――」

髪に触れる手に、つられるように手を重ねようと――

「はっくしょん！」

くしゃみを、堪えきれなかった。

（あ……）

やっちまった。空気を読めない自分に固まる。

くるみの目が細くなり、あっけらかんとした笑いが弾けた。

「なんやねん、締まらんなぁ」

「ごめん……、なんか鼻水とまらないんだけど」

MA-1の下は、ライブTシャツ一枚だった。服装の薄さに今更ながら後悔する。

くるみはコートのポケットから、「これ使いぃ」とティッシュを差し出した。

洟《はな》をかんでからもう一度くしゃみをして身震いすると、今度は自身が巻いていたマフラーを冬吾の首に巻き付けた。

「ホントに、こんなに手ぇかかる男、めったにおらんで」

責められているわけじゃないけど、恥ずかしさで俯く。耳に柔らかい声が響いた。

「……初めて会ったときから、兄ちゃんのことなんか気になってたんよ。『この人、他の人と違う』って。で、気づいたんや」

くるみが声を弾ませ、少し間を取った。何に、だろう。

「うちの犬にそっくりや」

「え、犬？」

「そう。ばあちゃんちにいたやろ。ちょっとオオカミみたいなやつ。あられ交じりの雪の日に拾ったから『あられ』。可愛い名前やろ？」

夏休みに見かけた、あの野良っぽい犬か。どう見ても雑種だったけど、それに似てるって……。

「あられも兄ちゃんも、警戒心強いのに寂しがりで、体デカいのに妙に可愛くて、賢いのにちょっと抜けてて。だから、なんやかんやあっても、おせっかい焼いてしまうんやろな」

あんまり素直に喜べないけど、くるみにとって大切な犬だとはわかった。そう思った時、再び髪にくるみの手が触れ、雪を払った。

「ずっと、兄ちゃん元気かなって、無理してないかなって、アクセル踏みすぎてどっかとぶつかっとるんちゃうかって心配しとったんよ」

自分を特別だなんて、今まで一度も思えなかった。周囲とズレていて、何をやっても「普通」ができない。でも、くるみにとって自分は「ぶっ壊れスーパーカー」で、ただの欠陥品じゃないんだろう。

何度も壁にぶちあたって、迷って、なにもかも使い果たしてダメになって。でもその度に誰かが支えてくれたから、ここまで走ってこられた。そうして今、大事な人にたどり着いた。

でも、また同じ轍《てつ》は踏みたくないから――

「また連絡先、教えてもらっていい？」

「ええよ」

「たまに、会ってくれる？」

「ええよ」

「ほら俺、たまに言動が意味不明でしょ。そういうとき、ツッコんでくれる？」

「ええよ……って、何回いわすん？」

回りくどい意思確認に、くるみが呆れたように笑った。雪あかりに照らされた薄紅の頬に触りたくなる。だけど今は何もできない。それでいい。

くるみは大きく息をつくと、こちらに手を差し出した。

「とりあえず今日のところは帰りぃ。髪なんか半分凍ってたし、足首も腫れてきてるやろ。駅まで送ったるわ」

名残惜しいのがバレバレなのか、彼女は困ったように目を細めた。

「そんな顔せんでええよ。また今度、会いに行くわ」

空から雪が舞い落ちる。足元を見ると、自分たちの足跡は雪の中でも残っていた。

不格好に、重なりながら。

【このみ：ライブ楽しかった？】

【このみ：なかなか既読つかんやん😇】

「Spring is almost here,　いそいで　はずむよ　Let's be in love♪」

うららかな日差しに、思わずBouquetの歌を口ずさむ。春休みの平日、父親から呼ばれて実家に戻る冬吾は、広島から新幹線に乗り込んだ。

新大阪駅に着くと、ホームで白い紙袋の赤い文字が目に留まる。くるみが東京へ持ってきた豚まんの店だ。

（そうだ、あれ買って帰ろう）

母親の病気をきっかけに、少しずつ歩み寄り始めた両親に食べさせたい。改札内の売店なら特急券は有効だ。たまには鉄道趣味で得た知識が役に立ちそうだ。

思いつきで衝動的に下車し、チルド品と保冷剤を受け取り、東京行きの新幹線に再び乗る。


【105：実家へのお土産これにした】

ゲットした喜びのまま、さっそくくるみに写真を送る。

品川《しながわ》で上野東京ラインに乗り換えた頃、ようやく返信が来た。


【963：マジか⁉　ええやん！】

たった一言なのに嬉しい。毎日やりとりはしているけれど、彼女からのメッセージにはいつも新鮮に心が弾んだ。

（でも、『今度』っていつなんだろ……）

前回、別れる前に彼女が残した言葉。

まだ再会したばかりなのに、あまり図々しいことは言えない。けど彼女が来てくれないなら自分が行ったっていいのに。いやそれはむこうに迷惑、女子寮の周りウロウロしてたら通報されるよ、それなら上田さんちにいるときが狙い目かな……。

昨夜も夜勤をやってきたからか、睡眠時間が足りていない。荷物を膝の上に乗せ深い息をつくうちに、心地よい揺れが冬吾のまぶたを重くしていった。

目が覚めると、窓の外の景色がすっかり変わっていた。

駅のホームにある案内板には、「…浜」という馴染みのない駅名が書いてあった。

「……え？」

一瞬、状況が呑み込めない。

だだっ広いホームへとりあえず一旦降りて、スマホで位置情報を確認する。

やはり、間違いない。ここは茨城県の真ん中あたり——松戸から一時間以上かかる場所だ。

常磐線乗り過ごしは三年ぶり十七回め。だがいつもは柏とか取手《とりで》とかもっと手前で気づく。こんなに遠くに来たのは中三の頃、終点まで行って以来かもしれない。

冬吾は誰もいないホームのベンチに腰を下ろし、手元の豚まんの箱を見つめた。

（大したことじゃないって、わかってる、けど、さ……）

すでに保冷剤も溶けかけて、家に着くころには傷んでいるだろう。せっかく母と父に喜んでほしくて買ったのに、無駄になると思うと気が滅入った。

「あー……。あ………」

粗忽にも自虐にも飽き飽きだ。デカいため息が止められない。

そのとき、だ。

「兄ちゃんも、電車乗り過ごしたん？」

背後から聞こえた関西弁に、冬吾はハッと顔を上げ振り返る。

リュックを背負う女の子。楽しそうににやける小さな顔。離れ気味の目。少し乱れたボブカットの髪が春風に揺れている。

現実とは思えなくて、彼女の姿を穴が空くほど見つめた。

「なんでここに……？」

「言ったやん、『今度会いに行く』って」

その一言で、胸の奥で凍っていたいた不安が水になり溶けていく。

いつだって彼女は軽やかで、自分の遥《はる》か高くを行っている。それでも、こうして自分に暖かさを分けてくれるから、求めずにいられないんだ。

冬吾の隣に座ったくるみは、物言いたげな視線を赤い紙袋に送っていた。

「これ、もうダメかな」

紙袋から豚まんの箱を差し出すと、彼女は毅然と言った。

「ちょっと貸しぃ」

くるみが自身のリュックを開ける。同じ箱が保冷剤とバスタオルに包まれていた。

冬吾から手渡された箱をその上に重ね、再びバスタオルで包む。

「これでしばらくはいけるんちゃう？　知らんけど」

「対策が完璧すぎる」

くるみが「せやな」と笑った。つられて笑うと、今日の失敗も過去の屈折も、雲一つない茜空《あかねぞら》へと吹き飛んでいった。

「兄ちゃんが何やらかすか、これからも楽しみやなぁ」

「くるみだって乗り過ごしたんでしょ」

「そうやった。忘れてた」

広いホームを吹き抜ける風は、また新しい季節の始まりを告げていた。

Special

ラッタッタ

『はぁ？　二輪免許？』

北岡恵麻が電話の向こうで怪訝な声を出した。

「うん、今日車校行って申し込んできた」

飯島靖貴《いいじまやすき》は慣れた口調でサラッと受け流す。

別に彼女は、本気で不機嫌になっているわけじゃないのだ。

こういう心にもない斜に構えた態度をとってしまうのは、いつものことだからもう気にしない。そりゃ、うんと最初のころは真に受けてあれこれ気をもんでいたけれど。

するとと彼女はプブッと吹き出した。

『この前の東海道中カブ栗毛《くりげ》のときは「もう二度とやらない」とか言ってたじゃん。それがなに？　なんでいきなりバイクの免許とかカッコいいこと言い出した？』

確かに夏休みに旧友と行った「50 ccバイクで日本橋《にほんばし》から京都三条大橋《さんじょうおおはし》までを駆け抜ける旅」は、暑さと疲労と下半身への負担が著しく、目的を達成してなお「早く帰りたい」としか思えない代物だった。

彼女へも愚痴を頻繁に送っていたから、自分がまさか二輪車に興味を示すとは思っていなかったのだろう。

そうして彼はあらかじめ用意していた言い訳《エクスキューズ》を淡々と口にした。

「大学の先輩が格安でベスパ譲ってくれることになったんだ。せっかくだから、免許もついでにとっちゃおうかなって」

『ふーん。で、ベスパってなに？』

「イタリアかなんかのスクーター。ちょっと排気量が大きいから普通免許じゃ乗れないんだけど。デザインが独特で、日本でも結構ファンがいるみたいだよ」

『へー、そうなんだ』

「……あとで、気が向いたら調べてみてよ」

うんわかった、という返事が聞こえたが、マシン類に一切興味のないこの子のこと。この調子だと電話を切った三秒後には忘れているだろう。

『でもさ、中古のスクーターのために、わざわざ教習所通うとかって。なんかすごく効率が悪い気がするなぁ。いくらぐらいかかるの？』

意外と鋭い質問。動揺を隠しつつ彼は答えた。

「うーん……、車の免許あるから、ストレートで行けば十万ぐらい？」

『想像より高い！　この前うちの近所の中古車屋さんに七万円の軽売ってたよ？　そういうのじゃダメだったわけ？』

「そんなに安いとさすがに壊れやすいと思うよ。ブレーキが甘かったり、フレームが歪んでて車体が脆弱《ぜいじゃく》だったり、そもそもすごく古かったり」

『でも、ボロボロの個体生き返らせてドゥーン！　って走らせるの、君たち好きそうじゃん』

「あー、たしかに。小さい頃とかミニ四駆にエグいモーター載せて楽しんだりしてたな」

『車がタイムマシンになったり喋ったりする映画好きだもんね。安い車買って、見た目はポンコツ走りはスーパーカー、みたいにカスタムしてみてもよくない？』

さすがに付き合いが長くなってきただけあって、自分とそれに類する人間の生態が分かってきている。確かにちょっと見た目と走りのギャップがある車は萌える。

だけど、

「そこまで改造したら、公道走っちゃダメじゃね？」

冷静にツッコむと、彼女は話が逸れているのに気づいたのか、『まぁそっか』と一旦受け入れた。

『とりあえず、教習所の費用と時間と、あと先輩にも支払いがあるでしょ。それ考えると、あんまコスパいいとは言えなくない？』

「そうだね、うーん……」

同意しながらも言葉を濁す。

自分とて、その辺のことを考えなかったわけではない。

でもどんなに安い軽自動車としても、その後の維持費はベスパなどの小型二輪よりもかかるし、燃費だって後者に軍配が上がる。

それに……小型でも50ccを超える排気量のものであれば二人乗りができるのだ。貰う予定のベスパは150ccだからこれに該当する。

今までは移動手段がなかったからあまりあちこちには連れていけなかったけど、これさえあれば、行動範囲が広がる。たまにしか自分の住んでいるところにに来られないから、本当はもっと一緒に楽しませたいと前から思っていたのだ。

二輪《バイク》で二人乗り《ニケツ》。

運転席と助手席よりももっと近い距離で、馴染みの風景、はたまた未知の景色を一緒に見られる。そうやって彼女を後ろに乗せて風を切って走るのは、どんなに面白いことだろう。

そんな想像が一気に広がり、先輩からこの話を持ちかけられたとき、「もらいます」と即答してしまったのだ……って、なんか彼女には言えないし、二輪免許とっても一年は二人乗りできないからやっぱり先の話だけど。

『でもまぁ、単車は男のロマンっていうもんね。わかるわかる』

彼女が今までとはうって変わり、理解のあるそぶりを出してきた。

果たしてこちらの本心に気づいているのか、それとも全く知らないのか、どうか。

『うちのいなくなった父も単車乗りだったっていうし。なんだろう……。あたしの周りって、そういう人が多いのかなぁ』

どきり、と軽く胸騒ぎを覚えた。

ずいぶんと昔に蒸発したらしい彼女の父。

どんな人物だったのだろうかといろいろ想像力を働かせるが、いつも全像はつかめない。その影がちらつくたびに、今までさして不自由なくのほほんと暮らしてきた彼は、そこはかとなく申し訳ないような気分になった。

そうかもね、と無難な返事をした彼に、彼女はふぅ、と柔らかなため息をついてから呟いた。

『ケガには気をつけてね』

普段であれば聞き流していただろう、何気ないセリフ。

だけど実際二輪車事故での死亡リスクは自動車よりもはるかに高いというから、気を引き締めるに越したことはない。

二輪に乗るときは肌の露出は極力控え、スピードも出さず交通ルールもきっちり守ろう。長い距離を走る際は、休憩も適宜入れていく。

「だね」

君を悲しませるようなことは、なるべく、多分、絶対しないから。

あとがき（ネタバレ含む）

「誰だっけ？」シリーズの旧作を読んでいた方は、今作を手にとって真っ先にそう感じたのではないでしょうか。今回の主人公は、二作目の『何変』で久美子といい感じになりつつフラれてしまった滝沢くんです。まさかの大抜擢です。

担当さんから「そろそろ君恋の新作どうですか？」とお話があったとき、正直「何も思い浮かばねぇ……」「やっぱ断るか」「でもせっかくだし」と散々悶え苦しみました。そんなとき「何変」を発売当初に読んでくれた友人の言葉を思い出しました。「このドルオタの男の子が関西弁の女の子に振り回される話を読んでみたい」「めっちゃ歌下手やな、とかイジられるの」「女の子の名前はくるみ」――この何気ない会話が本作の構想の出発点となり、手探りながらも書き始めることとなりました。

冬吾の病的にそそっかしい部分は、大いに作者自身の性質が投影されています（もちろん冬吾ほど優秀ではありませんが……）。衝動性の強さや、日常生活での困りごと、他人とズレている感覚などの悩みは、あるあるとして実感をこめて書きました。そういえば、物語のキーアイテムとなるドッグタグについて、もらうときに「寅さんのお守りみたいだね～」と言われた、という設定を考えていたのですが、本編に入れ忘れてしまいました。まさに粗忽者のつれぇところです……。

また作者の亡き実父や、大学時代の指導教官、今でも飲みに行く仲間が高専の出身でした。彼らはちょっと変わった一面を持ちつつ、いずれも自立した精神を併せ持っているという印象が強く、その姿がくるみのキャラに大きく影響しています。

今回の物語は、調べ物や専門の方々にお話を伺う機会が非常に多く、執筆には特に苦心しました。例えば奨学金制度については、大学の事務職員として働く友人に不明点を何度も確認しました。ただし、現実には大学によって独自の制度を採用しているケースも多いため、本作の設定とは異なる部分があるかもしれません。その場合は、フィクションとしてご理解くださいませ。

七転八倒して一度脱稿したものの、結局締切ギリギリ（一ヶ月前）になって大幅（約四割）な書き直しをしています。突然閃いた設定やプロットの変更に、担当編集さんも驚きを通り越してさぞかし引いたと思います。今読み返すと、書き直した部分と元からの部分で文章の調子が随分と違っているような……。どこを書き直したのか、ぜひ想像しながら読んでみてください。

最後になりましたが、多大なる迷惑をおかけした編集部の皆様、そして本作の執筆に協力いただいた全ての方々に、この場を借りて心より感謝申し上げます。

筏田かつら

参考文献

『発達障害の人が見ている世界』岩瀬利郎（著）アスコム
『ＡＤＨＤ2.0　特性をパワーに変える科学的な方法』エドワード・Ｍ・ハロウェル（著）ナツメ社
『心のお医者さんに聞いてみよう　発達障害の人が〝普通〟でいることに疲れたとき読む本』林寧哲（著）大和出版
『ＤＣＤ　発達性協調運動障害　不器用すぎる子どもを支えるヒント』古荘純一（著）講談社
『発達性トラウマ「生きづらさ」の正体』みきいちたろう（著）ディスカヴァー・トゥエンティワン
『自分で決められない人たち』矢幡洋（著）中央公論新社
『依存・束縛・暴言……「母がストレス！」と思ったら読む本』司馬理英子（著）大和出版
『「非モテ」からはじめる男性学』西井開（著）集英社
『ここだけ覚えろ！　解剖学１』戸村多郎（著）ともライブラリ
『ぶつからないクルマのひみつ』（学研まんがでよくわかるシリーズ１２３）山口育孝（漫画）、橘悠紀（構成）学研プラス

『壊れた脳と生きる』鈴木大介（著）、鈴木匡子（著）筑摩書房
『33歳漫画家志望が脳梗塞になった話』あやめゴン太（著）集英社
『小学館版　学習まんが人物館　与謝野晶子』あべさより（著）菅谷淳夫（著）、小学館
『再受験生が見た医学部6年間の真実』改訂新版　谷口恭（著）エール出版社
『今日の治療指針2024』福井次矢（編集）、高木誠（編集）、小室一成（編集）医学書院

その他、多数のメディア、著作などを参考にしています。

Special Thanks

北九州のFくんとご両親、スタッフの皆様、Mくん、戸塚のNさん、熊取町のT先生、稲城のHちゃん、加古川のKさま、主治医のM先生、担当ののりちゃん

ずっと待っていてくれた読者のみなさま　本当にありがとうございました。

本書は書き下ろしです。
この物語はフィクションです。作中に同一あるいは類似の名称があった場合も、
実在する人物・団体等とは一切関係ありません。

筏田かつら（いかだ かつら）

モノは「なくす、落とす、汚す」、時間は「いつの間にか過ぎる」のがデフォルトのうっかり者。「ちゃんとやったはずなのに」などと意味不明の供述を繰り返している。

宝島社
文庫

君に恋をするのは、いけないことですか
（きみにこいをするのは、いけないことですか）

2025年3月19日　第1刷発行

著　者　筏田かつら
発行人　関川 誠
発行所　株式会社 宝島社
〒102-8388　東京都千代田区一番町25番地
電話：営業 03(3234)4621 ／編集 03(3239)0599
https://tkj.jp

印刷・製本　株式会社広済堂ネクスト

乱丁・落丁本はお取り替えいたします。

Printed in Japan
ISBN978-4-299-06220-8

君に恋を、するなんて、ありえない、はずだった

筏田かつら

宝島社文庫

イラスト／U35

定価 704円（税込）

最底辺眼鏡男子×派手系美少女
正反対な二人の想いがすれ違う
じれったい恋の物語

千葉県南総の県立高校に通う地味で冴えない男子・飯島靖貴《やすき》は、勉強合宿の夜に、クラスメイトの北岡恵麻《えま》が困っているところを助けた。それから恵麻は、学校外でだけ靖貴に話しかけてくるように。しかし靖貴は、派手系ギャルの恵麻に苦手意識を持っていて……。意外すぎる2人の恋の行方はいかに!?

君に恋をしただけじゃ、何も変わらないはずだった
I was supposed to change nothing even if fall in love with you
筏田かつら
宝島社文庫
イラスト／U35

君に恋をしただけじゃ、何も変わらないはずだった
筏田かつら
宝島社

定価 704円（税込）

幼馴染、イケメン医学生、さえない不運な先輩……彼女は誰を選ぶ？

広島の大学生・柏原玲二が最悪な出会い方をした女の子、磯貝久美子は、玲二の後輩・米倉奈央矢が偶然再会した幼馴染。玲二は久美子に恋する奈央矢を応援していたが、行く先々で久美子と遭遇し、あらぬ誤解を生んでしまう。さらにはイケメンの医学生も現れて、玲二は久美子の周囲の恋愛模様に巻き込まれていく――。

宝島社　検索　**好評発売中！**